JN042675

キッチン常夜灯

長月天音

角川文庫
23817

目次

プロローグ

風が強い夜だった。

窓の外の大通りを人々が通り過ぎていく。煌々《こうこう》とした店内の明かりに引き寄せられて、何人かは来店してくれてもよさそうなものだが、まったくの素通りである。

私の勤務先、「ファミリーグリル・シリウス浅草雷門通《あさくさかみなりもんどお》り店」は、ラストオーダーを待たずに早くもノーゲスト、つまり一人のお客さんもいなくなってしまった。

それも無理はない。この冬最強の寒波がやってくると世間は騒いでいる。

よし、今夜は早く帰れそうだ。

私には店の売上よりも、そちらのほうがよほど嬉《うれ》しかった。

洋食店「ファミリーグリル・シリウス」は東京と神奈川に店舗を構えるチェーン店である。私が浅草の店舗に異動してきて今年で六年。それまではちょっとオシャレな湾岸エリアの店舗で、タワーマンションの住人がメインの客層だった。

それが一気にシブい下町の店舗である。もちろんチェーン店だから店の雰囲気やメニューは変わらないが、客層はがらっと変わった。

地元住民よりも観光客のほうが圧倒的に多く、とにかく毎日忙しい。通勤の便を考え、曳舟《ひきふね》の単身者向けマンションに引っ越したのは大正解だった。こう毎日クタクタでは、とても長時間電車に揺られるのは耐えられない。

こんな寒い夜は少しでも早く帰り、久しぶりにお風呂《ふろ》にお湯をためてゆっくりと温まりたい。

帰宅すると、すぐに給湯ボタンを押した。

選んだバスソルトはラベンダー。マンションの狭い脱衣所には、リラックスや安眠の効果を謳《うた》った入浴剤が並んでいる。どれも効いたためしはないが。

とはいえ、温まった体でベッドにもぐり込めば何やらゆるゆると力が抜け、奇跡的に眠りの尻尾《しっぽ》を摑《つか》みかけていた。

相変わらず風が強い。ガタガタと窓が鳴り、どこか遠くで空き缶が転がっている。

向かいの公園の常緑樹がザワザワと騒ぎ立てる音に、不穏な予感が湧き上がってくるのを無理に抑え込む。ここで意識を冴《さ》えさせてしまっては、せっかく摑んだ眠気を手放してしまう。

大丈夫。眠れる。眠れる。今夜こそしっかり眠るんだ。

そこで意識は途絶えた。


何やら騒々しい。


ベル？　目覚まし？

あっという間に朝だと思うほど、熟睡していたのだろうか。

まだ目を閉じていたかったが、とにかくうるさい。

仕方なく手を伸ばしてスマートフォンを見ると、ベッドに入ってからまだ一時間しか経っていなかった。それでも少しは眠れたようだ。

今ならもう一度眠れそうだった。だからもう少しこのままでいたかった。

しかし。

インターフォンに続いてドンドン、ドンドンと、激しく玄関のドアが叩《たた》かれ、今度こそ私は飛び起きた。

　真夜中だ。何事かと思い、息を殺す。

　間違いなく誰かがドアを叩いている。怖い。私はベッドの上で身を固くした。なおもドアを打つ音は続いている。

「南雲《なぐも》さ～ん、南雲みもざさ～ん、起きてぇ、大変よぅ」

　この声は隣に住む大家さんだ。私はようやく異変に気がついた。何やら焦げ臭いにおいがする。それから次第に近づいてくるサイレンの音。

　まさか。いや、こっちに来ないで。

　私の願いも虚《むな》しく、サイレンはマンションの前で止まった。カーテン越しに赤色灯の光が壁を赤く染めている。

「み・も・ざ・ちゃ～ん、火事よぅ」

　私はベッドを飛び出すと、夢中でパジャマの上からさらに脱ぎっぱなしだったジーンズを穿《は》き、セーターを被《かぶ》り、コートと通勤で使っているリュックを掴んで玄関ドアを押し開けた。

　開けた途端にむっと強い煙の臭いがして目と鼻がつんとする。こらえきれずに咳《せ》き込んだ。

「良かった、逃げるわよ」

　大家さんも咳き込みながら、私の腕をぐいっと掴んだ。

「火事って、どこですか」

私と大家さんは五階建てマンションの一階に住んでいる。横を見たがこの階から煙は上がっていない。ただ、焦げ臭さだけが強烈に漂っている。

「上なの。上のどこかなのよ。さぁ、早く」

大家さんは私の手を掴んだままエントランスへと駆けだした。すれ違いに何人かの消防隊員が駆け込んでくる。一階の奥からは、何度か見かけたことのある若い男が、スウェット姿のまま飛び出してきた。

マンションの外にはかなりの野次馬が集まっていた。消防車も続々と到着する。

恐る恐る振り返ると、二階の窓から勢いよく炎が噴き出していた。

暗闇で燃え盛る炎は禍々《まがまが》しいほどに鮮明で、強風に煽《あお》られて身をよじるようにさらに上へと這《は》い上がろうとしていた。こんなに激しく燃える炎を見たのは初めてだった。

私の足は震えだし、とっさに大家さんに縋《すが》りついた。

割れた二階の窓に、勢いよく消防車から水が注ぎこまれていた。窓の上部からは黒煙が激しく噴き上がっている。夜空を背景にしても、それがはっきりと確認できた。

「あ～あ、これ、かなりきてるわ」

スウェットの男は、寒そうに両腕をさすりながらうんざりした声を漏らした。

「だ、大丈夫。鉄筋コンクリートだもの。延焼はしないわ。それよりあの部屋の向井《むかい》さんよ。に、逃げたわよね。うん、きっとどこかにいるはずだわ」

いつの間にか私を両腕で抱き抱えてくれていた大家さんが、自分に言い聞かせるように呟《つぶや》いた。

「え、延焼、しないですよね」

私は確認するように繰り返した。なぜなら燃えているのは私の部屋の真上なのだ。

「も、もちろん！　たぶんね」

大家さんが頷《うなず》く。私たちはただ懸命の消火活動を見守ることしかできない。

消防隊員たちは、建物の外側と、長く伸ばしたホースで内側、両方から炎にアプローチしているようだった。

相変わらず窓を目がけての放水は続いている。炎は少しずつ押し戻され、野次馬から安堵《あんど》の声が上がった。放水の勢いは激しく、窓から逸《そ》れた分は容赦なく外壁を伝って地面に滴り落ちていた。二階のベランダも水浸しのようで、真下にある私の部屋のテラスにも滝のように水が流れ落ちていた。

私と大家さんは、いつの間にかしっかりと抱き合ってその様子を凝視していた。歯がカチカチと鳴る。寒さのためか恐怖のためかわからない。いや、両方だ。真冬の真夜中に外に焼け出されているのだから。

「すげ。ちゃんと貴重品、持って来たんすか」

スウェットの男は、私の背中のリュックを見て目を丸くした。

見れば誰もが着の身着のままで、リュックなど背負っているのは私だけだった。

何やら恥ずかしくなり、男から顔を背けて上を向いた。消防車の照明と今なお漂う煙のためにはっきりしないが、頭上には星空が広がっているようだった。

「あ～あ、あれじゃあ、真下の部屋は完全に水浸しっすね。お気の毒」

またしても男がグサリと核心をつく。

炎の勢いはだいぶ衰えていた。それでも消防隊員は容赦ない放水を続けている。完全に鎮火が確認されるまで続けられるに違いない。

いったいどれだけの水があの部屋に注ぎ込まれたのか。もはや私の部屋のテラスからは、溢《あふ》れた水が敷地内の芝生に激しく流れ出していた。さながらナイアガラの滝だ。

ああ。

私はもう一度天を仰いだ。

もうずいぶん見ていなかったシリウスを探して必死に目を凝らした。

第一話　眠れぬ夜のジャガイモグラタン

「それは大変だったねぇ」

墨田《すみだ》区東向島《ひがしむこうじま》、下町らしさ満載の込み入った住宅街の細い路地にワゴン車を止めた金田《かねだ》さんは、心から気の毒そうに後部座席の私を振り返った。

「でも、荷物は本当にそれだけでいいの？」

私は膝《ひざ》の上の紙袋を抱え直した。

「はい。全部水浸しですし、焦げ臭くて、とてもとても」

火事の後、一睡もできずに朝を迎え、そのまま出勤した私は、夕方になって再びマンションに戻った。しかし、水浸しの部屋から持ち出せたものはわずかだった。預金通帳などの貴重品とマンションの賃貸契約書。いずれもずぶ濡《ぬ》れだが、ないと困る。

それ以外は完全にダメだった。

出火元の真下にあたる私の部屋は、どこもかしこも水浸しで、おまけに煤《すす》をたっぷり含んだ水は、鼻も目も痛むほど強烈に臭った。乾いたからといってとても使える状態ではない。私はたった数時間ですべての持ち物を失ったのだ。

えらいことだと思いつつも、まだ夢を見ているように現実感がない。

「じゃあ、行こうか」

金田さんがサイドブレーキを下ろし、アクセルを踏んだ。

見慣れた古い町並みが遠ざかっていく。毎日眺めていたスカイツリーが夕日を浴びて煌《きら》めいていた。私はいつまでもそのスラリとした姿から目が離せなかった。

私が向かっているのは文京区《ぶんきょう》にあるという勤務先の寮だ。

いや、正確にはかつては寮だったけれど、今ではすっかり備品置き場になっている倉庫である。金田さんが「倉庫、倉庫」と連呼するから私も「倉庫」と呼ぶ。今夜からその倉庫が私の住まいとなる。

昨夜からの顚末《てんまつ》はこうだ。

帰る部屋を失った私は、大家さんの部屋に泊めてもらった。大家さんは一号室と二号室の二部屋をリフォームして広々と暮らしている。驚くべきことに、私の部屋は水浸しだというのに、隣は焦げ臭い以外は何の被害もなかった。

「いやぁ、本当に鉄筋コンクリートにしてよかったわ。おばあちゃんのおかげね」

大家さんの一族は代々このあたりの地主らしく、いくつもの物件を所有している。おばあさんが亡くなる時の遺言が、集合住宅を建てるなら絶対に鉄筋コンクリートにしろというものだったらしい。

大家さんは消防隊員に呼ばれてしばらく戻って来ず、その間私は、見慣れぬ部屋で膝を抱えて震えていた。神経は高ぶり、自分の体にも染みついた煙の臭いで頭がズキズキと痛んだ。帰宅してからわずか数時間の出来事が、とても現実とは思えなかった。

だいぶ経ってから戻ってきた大家さんは、すっかり冷え切ったようで「ココアでも飲みましょうか」と、熱くて甘いココアを作ってくれた。この部屋は停電もしていなければ、ガスも使えるようだ。

真上の部屋で火事が起こるなんて、理不尽にもほどがある。

しかし、腹を立てる気力もないほど疲れていた。

「向井さん、寝タバコだったみたい。自分で通報したらしいわ。でもかなり煙を吸っちゃって、救急車で運ばれたって。何とかして自分で消し止めようとしたみたいね」

大家さんはココアに息を吹きかけながら、仕入れたばかりの情報を披露した。私は自分の上の階にどんな人が住んでいるのかも知らなかった。

「初期消火は重要ですけど、ある程度で見切りをつけないと、自分が逃げられなくなっちゃうそうですよ。まずは逃げ道を確保しないと」

会社の防災訓練で教わった知識を披露すると、大家さんは感心した顔で頷いた。

「そうみたいね。ドアが熱くなっちゃって、なかなか開けられなかったんじゃないかって消防士さんが。それにしても、こんなことは初めてだわ。これからどうしたらいいのかしら」

「私こそどうしよう……」

言葉にしたとたん、目の前が暗くなった。

何もかも失った。駅から近いこのマンションは人気があり、いつも満室だということも知っている。つまり、私が移れる部屋はない。

実家は群馬で近いとは言えないし、彼氏はおろか転がり込めるほど親しい友人もいない。

しばらく考えて、ようやく気がついた。

ここは勤務先に相談するしかない。日頃、さんざんこき使われているんだから、こういう時くらい助けてもらわねば割に合わない。

私たちは眠れぬまま夜を明かし、朝刊が届いたタイミングでタオルを借りて顔を洗った。新聞の配達員も、マンションの惨状に驚いただろう。

「仕事に行ってきます」

「今日くらい休めないの？」

私の言葉に大家さんは仰天した。

言われるまでもなく、仕事になど行きたくない。

行ったところで何も手に付かないだろう。

しかし私は「ファミリーグリル・シリウス浅草雷門通り店」の店長なのである。

今日は他の社員が休みで、私が鍵《かぎ》を開けなければ誰も店には入れない。これがスタッフの九割をバイトが占める飲食店の現実である。

昨夜、咄嗟《とっさ》にジーンズを穿《は》き、リュックを背負って逃げたのは正解だった。リュックには財布と交通系ICカードが入れっぱなしだし、店に行けば制服がある。

私は引き止める大家さんを振り切って、いつものようにマンションを出た。

店に到着すると、すぐに本社の短縮番号を押した。

この時間、電話を取るのは一番に出勤する総務部長だということもわかっている。

総務部長の涌井《わくい》さんが出たとたん、息をするのも忘れるほどの勢いで、昨夜の火事と住まいを失ったことを報告した。涌井さんには過去に恩を売っている。何かと親身になってくれることはわかっていた。

「しばし待て」と言われ、一度は電話を切ったものの、私がランチタイムの営業に励んでいる間にすべての根回しは終わっていた。

涌井さんはすぐに倉庫の管理人と連絡を取り、使える部屋があるか確認するとともに、他の支店の社員にヘルプを要請し、私が早退できるよう手筈《てはず》を整えてくれたのだ。こういう時、チェーン店で働いていてよかったと実感する。

涌井さんはご丁寧に、倉庫の管理をしている設備部の金田さんを迎えによこしてくれた。

マンションから持ち出す荷物があると考えたようだが、部屋を見るまでもなく、私にはすべてが水に浸《つ》かっていることがわかっていた。

とはいえ、金田さんは気を利かせてゴム長靴まで持ってきてくれたので、恐る恐る、およそ半日ぶりの我が家に足を踏み入れた。

惨状を目にしたとたん、不覚にも涙がこみ上げた。

台所もクローゼットも、すっかり黒ずんだ水に浸っていた。

いつかは着る機会もあるだろうと衝動買いしたワンピースのタグは外されぬまま水にふやけ、ボーナスをはたいて買った牛革のバッグはシワシワになっていた。いくら家財保険が下りたとしても、これらを手に入れた時の喜びは戻ってこない。

水濡れだけでなく臭いも染みついていて、愛用のマグカップさえ、念入りに洗ったところで使う気にならないだろう。たとえ寝に帰るだけの部屋とはいえ、就職してからの私のすべてがここには詰まっていた。

大家さんとはこれらの品の廃棄についての相談が必要になるはずだ。しかし、とりあえずは当面の生活の拠点を確保しなくてはならない。

最低限必要な書類を探しだすと、ふと思い出して浴室のバスソルトのボトルをいくつか袋に突っ込んだ。ますますしばらくは眠れそうにない。


金田さんの運転はびっくりするくらい丁寧だった。

「運転、お上手ですね」と言うと、「彼女を乗せているからね」などと笑った後、「あっ、セクハラかな」と慌てる様子がかわいらしい。

設備部の金田さんは、度々グラスや皿などの備品を積んで支店間を行き来している。そのためにこういう運転が身についたらしい。

「私、金田さんが倉庫の管理人だなんて知りませんでした。しかも倉庫が昔、寮だったというのも初耳です」

金田さんは、普段は本社にいる。店の設備に不具合があるたびに呼び出しているので、私にとって総務部の涌井さん同様、頼りになる存在だった。

「備品を管理しているのも設備部だからね。そもそも昔は僕が寮夫だったんだよ。カミさんと住み込みでさ。景気が良かった頃はウチの会社も社員がたくさんいて、地方から出て来る若い子も多かった。社員寮はいつも満室だったよ」

私は「ファミリーグリル・シリウス」がすっかり勢いを失ってから入社した。

経営母体である株式会社オオイヌは、現在の東京、神奈川だけの展開でなく、関西にまで支店を持っていたのだ。星の数ほどある飲食店にすっかり埋もれてしまった今では、想像するのも難しい。

ハンドルを握りながら金田さんの昔語りは続く。ベテラン社員が自主退職などですっかり減った今、こういう話を聞く機会は貴重だから興味深い。

「懐かしいなぁ。今はその頃に比べて店舗数も社員もほとんど半分だよ。寮を維持できる状況じゃなくなって、閉鎖されたのは十五年くらい前かな。まぁ、自社物件で場所もいいし、閉店した店舗の備品は他店で使えるから保管しておこうってことで、そのまま倉庫として使っているんだ。僕も寮夫から設備部に所属が変わったけど、やっている仕事は前とあまり変わらないかな」

「たまに不要になったものを倉庫に送っていましたけど、正直に言うと、倉庫がどこにあるのか知りませんでした」

送るといっても宅配便ではなく、食材を納品に来る自社工場のトラックに渡せば、倉庫へと運んでくれる。住所など書く必要もないのだ。

車は隅田川《すみだ》を渡り、都心へと向かっている。

本社の所在地は千代田区《ちよだ》で、神保町《じんぼうちょう》の一号店のほか、新宿《しんじゅく》や池袋《いけぶくろ》にも店舗があるのだから、かつての寮が都心にあるのも納得だった。

金田さんは、寮が閉鎖となった直後に奥さんを亡くしたという。辛《つら》いことが重なって大変だったと金田さんは笑ったが、その当時はとても笑えるような状況ではなかっただろう。今も倉庫の管理人としてかつての寮に住み続けているのは、会社もそのあたりの事情を汲《く》んだからかもしれない。

日頃から、何かと店の不具合があるたびに、フットワーク軽く浅草まで来てくれる金田さんには常々感謝をしていたが、寮夫だったと聞いて妙に腑《ふ》に落ちるのだった。

「もうすぐだよ」

運転席の声に顔を上げると、窓の外には大きな病院が見えた。連なる建物の間を走り抜け、道はいつしか入り組んだ路地へと入り込んでいる。

時間にして三十分も走っていないが、すっかり知らない場所に来たようで急に心細くなった。

「それにしても災難だったよね。まぁ、倉庫だし、色々と不便はあると思うけど、気軽に何でも相談してよ。はい、到着」

文京区本郷《ほんごう》、ビルやマンションが立ち並ぶ路地だった。車は四階建ての細長いビルの前に止まっている。周りも似たような建物ばかりで、明日の夜は無事に帰りつけるのかとますます不安になった。

「この坂を下ると白山《はくさん》通り。すぐ目の前は後楽園《こうらくえん》の遊園地だよ。通勤には御茶《おちゃ》ノ水《みず》駅より水道橋《すいどうばし》駅のほうが近いかな。さぁ、先に降りちゃって。そうしないと降りられなくなるよ」


振り向いた金田さんに促されて、荷物を抱えてワゴンを降りた。

ビルの一階は玄関の横が車庫になっているが、かなりの狭さである。

金田さんが車をバックさせている間、私は路地に出てあたりを見回した。

金田さんの言ったとおり、建物の間に東京ドームホテルが見える。友人の結婚式で一回訪れただけなのに、なぜかよく知った場所のように感じてしまうのは、これがすっかり街のランドマークとなっているせいだろうか。

私がきょろきょろしている間に、金田さんは車幅ギリギリまでコンクリートの壁が迫るスペースに一発で駐車を決めていた。運転席の扉を細く開けてするりと抜け出してくる。

「金田さん、スリムですねぇ」

「この歳でそう言われてもなぁ」

金田さんは脂っけのない顔をくしゃっとさせて笑った。

その表情に私の緊張もするりとほどけた。

かつては満室だったという寮も、今では壁がひび割れた古い倉庫だ。

一階の奥が金田さんの住居、手前はかつて食堂として使っていた広い部屋だが、店から運び込まれたテーブルや椅子でいっぱいで、足を踏み入れる余地もない。すっかり埃《ほこり》をかぶり、いずれ使う日が来るかどうかも疑わしい有様だ。少なくとも私の店では使いたくない。

二階から上は各階三部屋ずつ六畳の部屋があるらしいが、二階はすべて備品で埋まっていて、私が与えられたのは三階の手前の部屋だった。

「申し訳ないけど、洗面所やお風呂《ふろ》は一階なんだ。僕と共用になっちゃうけど」

寮の頃からお風呂もトイレも共用だったが、入寮者が使っていた地下の広いお風呂やトイレ、一階の食堂に併設されたキッチンは水を止めているそうで、金田さんの居住区のものを使えとのことだった。

金田さんが掃除をしてくれたという私の部屋はさっぱりと片づいていた。

据え置きのベッドと棚以外の家具もなく、布団は金田さんから借りた客用布団である。午前中干してくれたのか、ふかふかと日向《ひなた》のにおいがした。

部屋の確認だけすると、抱えていた紙袋からバスソルトを取り出して一階に降りた。今日のうちに最低限必要なものは買っておきたい。洗面用具に肌着などの衣類。とりあえずカードで当面の買い物は問題ないが、これから生活を立て直すとなると、改めて失ったものの大きさに愕然《がくぜん》とする。

今は目先のことだけ考えようと、不安はことごとく頭から追い出した。

「金田さん、バスソルト、お風呂場《ふろば》に置いてもいいですか。よかったら金田さんも使ってください。疲れが取れますよ」

ホウキで玄関先を掃いていた金田さんは、嬉《うれ》しいような恥ずかしいような顔で「いいの？　ありがとう」と言った。

「出かけるの？」

「はい。何もないので、必要なものを買いに行ってきます」

「ああ、だったら白山通りに出て、後楽園駅のほうに行くといいよ。ねぇ、これを見てごらん」

金田さんは私を手招いて、玄関先の小さな花壇を指さした。コンクリートの基礎部分がそのまま張り出したような小さな花壇からひょろっと細い幹が伸びて、青銀色の細かな葉をびっしりと付けている。

「これ……」

「そう。ギンヨウアカシア、ミモザの木だよ。細っこいけど春にはちゃんと花を付ける。南雲店長の名前、みもざちゃんって言うんだってね。今日、涌井さんから聞いて初めて知ったよ」

「普段は名前なんて呼びませんからね。本社の会議で店長って呼ぶと、みんなが振り向きます」

「本社の会議は、各店の店長しか出席しないもの」

金田さんは楽しそうに笑い、「みもざちゃんかぁ。いい名前だねぇ」としみじみ言う。

「おばあちゃんが付けたらしいです。おばあちゃんの家にも大きなミモザの木があって、大好きだったみたいですよ」

「僕のカミさんみたいだ。カミさんも好きだったなぁ」

金田さんは目を細めてミモザの枝を見つめていた。これからのことを思うと不安しかなかったが、ようやく少し楽しみを見出《みいだ》せそうな気がした。


火事から一週間が経った。

これまでとは勝手の違う生活に、疲労もいよいよピークに達していた。

「ファミリーグリル・シリウス」はお手頃価格の洋食店である。メインターゲットはファミリー層だが、低価格帯のため、どこの店舗も午後になると学生やお年寄りの恰《かっ》好《こう》のたまり場にもなっている。けれど、席が埋まっているというだけで、一日中忙しいということはめったにない。

と、思っていたが、私が店長を務める「浅草雷門通り店」はまったく違う。場所柄外国からの観光客が多く、開店するとずっと満席が続く。何も日本まで来てハンバーグなど食べなくてもと思うのだが、どうやら仲見世《なかみせ》あたりで和スイーツを堪能《たんのう》した後には、ハイカロリーな洋食が食べたくなるらしい。

多い時で客の七割を外国人が占めるというのに、一人も語学堪能なスタッフがいないというのも悩みの種だ。もっとも店内には様々な言語が飛び交っていて、英語さえ堪能なら何とかなるというものではない。

「店長、見ました？　八卓のお客さん。レスラーみたいに腕がごついですよね」

「大村《おおむら》さんだったら持ち上げられちゃうかもね」

人懐っこい学生バイトの大村さんに応じながら、私はそっとため息をつく。

もしも何かあった時に、女店長の私にいったい何ができるというのだろう。力でかなうわけもないのに、毅然《きぜん》とした態度など取れるはずがない。この不安は私が店長に任じられた二年前からずっと続いている。

店長は店の責任者。何か起これば前面に出て対応しなくてはならない。

レジのトラブルや、こちらに非があるクレームの処理なら、さすがに入社十二年目となればそれなりに対応できる自信がある。

けれど、明らかにいちゃもんとわかるようなクレームや、お客さん同士のトラブル、犯罪がらみの面倒ごとに対応できる自信など皆無だ。

日々、少ないスタッフのやりくりに頭を悩ませながら、そんなトラブルが起きないように祈って過ごしているのが私である。

これでは、大村さんのように大学生活を謳歌《おうか》するアルバイトに「店長、いつも疲れているね～」などと言われるのも無理はない。そもそもタメ口をきかれるのも、私に店長としての威厳がまったくないからに違いない。

こうして毎晩、レジを締める頃には心身ともに消耗している。ラストオーダーは十時、閉店は十時半だが、どんなに急いで片づけても、店を出るのは十一時を過ぎてしまう。

その夜、水道橋駅に帰りつくと、遅い時間にもかかわらず駅の周辺は賑《にぎ》わっていた。東京ドームでコンサートでもあったらしい。この街はイベントがあるたびに興奮冷めやらぬ人が溢《あふ》れ、疲労困憊《こんぱい》の私にはその熱気が少し煩わしい。

空腹だったものの、その熱気から早く遠ざかりたくて、わき目も振らずに外堀《そとぼり》通りを渡った。今夜も風が強く、ふっと火事の夜の記憶が頭をかすめる。あれ以来、どこかでサイレンの音が聞こえるだけで身構えるようになった。

目の前の東京ドームホテルや遊園地のアトラクションの明かりが、この時間でも街を暗闇にすることなく、夜空に浮かんでいるのが心強い。しかし、明るいのは駅の周辺だけで、白山通りを渡ってビルの間に入ったとたん、コンビニの一軒もなくひっそりと静まり返ってしまう。

お腹が減った。

考えてみれば、朝からほとんど何も口にしていない。

朝食を食べないのはいつものことだが、今日はバイトが二人も風邪で欠勤してしまい、休憩どころではなかったのだ。

賄いは食べそびれ、口に入れたものと言えば、大村さんが買ってきてくれたエナジードリンクのみ。我ながら燃費のいい体だ。

毎晩仕事を終えたとたん、麻痺《まひ》していた空腹感に襲われる。すぐにでもどこかの店で食事をしたいが、何せその時間はどこもラストオーダーを過ぎている。空腹とはいえ、居酒屋は少し違う気がして、私は時に終電を気にしながら家に帰るしかない。これはきっと飲食業界で働く者の永遠の悩みに違いない。

私は今夜も空腹にふらつく足をやっとの思いで前へ進めていた。

ふと思う。「店長」という役職はまるで鎧《よろい》だ。

勝手にずっしりと重い責任を押しつけられ、常に前線に立たされる。けれど鎧を着ているから大丈夫というわけではない。店長だからこそ向けられる言葉の刃《やいば》に傷つき、スタッフとの意識の差が矢のように胸に突き刺さる。店を出て鎧を脱ぎ棄てれば、私の体は満身創痍《まんしんそうい》だ。

ようやく倉庫にたどり着くと、金田さんに渡されている鍵《かぎ》でひっそりとビルに入った。

金田さんは私が帰宅した時にはたいてい眠っている。早朝から店舗の設備点検に出かけることも少なくなく、毎晩十時には布団に入るのが習慣だそうだ。

とりあえず何かをお腹に入れようと、金田さんの台所に直行した。あるものは自由に使っていいと言われているけれど、職場が飲食店のせいか、家でまで料理をしたいとは思えない。これまではコンビニを冷蔵庫がわりに使い、休みの日の外食が唯一の楽しみという生活だった。

金田さんは几帳面《きちょうめん》な性格で、台所はいつもきれいに片づいている。毎日自炊をしているそうだが、買い置きの習慣がないらしく、余分な食材やインスタント食品はほとんどない。

やはりコンビニに寄ってくるのだったと後悔しながら、唯一見つけた魚肉ソーセージのフィルムをむいた。

「あれれ、みもざちゃん。おかえり」

突然、声をかけられて振り返ると金田さんが立っていた。

「すみません、起こしてしまいましたか」

「いやいや、明日は休みだから本を読んでいたら、すっかり夢中になってしまってね」

本社勤務の金田さんは、急なことがない限り週末が休日だ。一方の私は、週末は平日よりもずっと忙しい稼ぎ時である。

「ごめんね。冷蔵庫、空っぽだったでしょ。今夜は総務の涌井さんと一杯やってきちゃったんだ。明日、買い出ししてくるよ。夜中でも簡単に食べられそうなもの」

金田さんが心からすまなそうな顔をするので、私は慌てて両手を振った。

「あっ、自分で買いますから、お気遣いなく」

「みもざちゃんは料理しないの？」

「毎晩遅いですから。休みの日は気分転換に外に出たいですし」

「この仕事だとそうなっちゃうよね。寮の頃もみんなコンビニ弁当ばっかりだったもんなぁ。ゴミが溜《た》まる溜まる」

金田さんは眉《まゆ》を下げて笑った。学生寮とは違い食事の世話はなく、寮夫の仕事は掃除やゴミの回収が中心だったようだ。

「このあたりって賑やかかと思ったら、意外とお店が少ないですよね。コンビニも駅を逃すとほとんどないし」

金田さんはう〜んと唸《うな》った。

「そうなんだよね。大通り沿いのお店も意外と早く閉店しちゃうし。ああ、でもね、前にすぐ近くで美味《おい》しい料理を食べたんだよ。真夜中だけど、そこだけやっていたんだ。ええと、なんていう名前だったかな」

「すぐ近くですか？」

「うん、一本横の細い通り。三年くらい前かな。横浜《よこはま》店で水漏れがあって、閉店間際に呼び出されたんだよ。色々と手配して、帰ってきたのがもう真夜中。お腹が空《す》いちゃってさ、通りを一本間違えたんだよね」

金田さんは笑いながら頭をかいた。

「そしたら、ぼんやり明かりが点《つ》いた店があったの。嬉《うれ》しくなって、誘われるように入ったんだよ。あの時のコキールグラタン、美味《うま》かったなぁ」

「コキールグラタン？」

「そう。ちゃんとした洋食屋だったんだ。帆立の殻に入ったグラタンだよ。まさか夜中にそんな料理食べられると思わないじゃない。グラタン、カミさんの得意料理だったんだよねぇ。何だかあの夜は夢を見ているような感じだったなぁ」

本当に夢を見たのではないかと思った。でも、実際にそんなお店があるのならぜひ行ってみたい。真夜中に本格的な洋食を食べさせてほしい。

「今もやっているのかな。あれ以来、行っていないから」

教えられた場所はここよりも一本外堀通りに近い路地で、横道を抜ければすぐの近さだった。

「さっそく明日、探してみます」

「うん。あるといいね」

金田さんは戸棚の奥をあさると、「僕の非常食」と言って、甘納豆を一袋くれた。

「ありがとうございます」

「おやすみ、みもざちゃん」

甘納豆なんて何年ぶりだろう。子供の頃、おばあちゃんがよく食べていたのを思い出す。何だか金田さんとの暮らしは温かい。

私は甘納豆で空腹を紛らわせ、シャワーを浴びてベッドにもぐり込んだ。

真冬のシャワーでは体は温まらず、布団の中でぎゅっと体を縮めて丸くなった。

倉庫に来てからはシャワーばかりで、一度もバスソルトを使っていない。前よりも通勤に時間がかかり、その分早く寝なくてはと気持ちが焦って、とてもお風呂《ふろ》になど浸《つ》かる気にならないのだ。

冷えた体はさらに意識を冴《さ》えさせる。遠くのほうで聞こえたサイレンに怯《おび》えながら、私はじっと息を殺して朝が来るのを待ち続けた。少しでも眠れることを願いながら。


翌日の土曜日は快晴で、当たり前のように朝から忙しかった。

予想はしていたが、昨日休んだバイトは二人とも来なかった。それはそうだ。病み上がりの体で、平日の倍以上忙しい週末の職場になど誰が飛び込むものか。

「ファミリーグリル・シリウス」の人気メニューはハンバーグとドリアである。

チェーン店に違いはないが、大手企業が手掛けるファミレスチェーンとは違い、メニューには洋食しかない。それゆえ本格的な味を謳《うた》っているが、船橋《ふなばし》にあるセントラルキッチンで仕込まれた料理を各店で仕上げて提供しているだけである。

その仕上げも主にバイトがやっているのだから、セントラルキッチンで作られる料理がいかに優秀かわかる。

定番のメニューしかない割にいつも賑わっているのは、当たり前の洋食ほど人気があるということだろう。それに世界共通だ。観光客で賑わう店で働いていると、ますますそれを実感する。

その日の私は八面六臂《はちめんろっぴ》の働きをした。ホールを走り回り、料理が出てこないと言われてキッチンのヘルプに入る。そうかと思えば、レジを打ち間違えたと呼ばれてお客さんに謝った。今日も賄いなど食べる暇はない。バイトの休憩を優先しなければ、彼らは不満を募らせて辞めてしまうし、本社からもきついお叱りを受けることとなる。激甘の缶コーヒーとエナジードリンクで何とか一日を乗り越え、午後十一時半、ようやく電車に乗り込んだ。

土日出勤のいいところは、平日よりも電車が空いていることくらいだ。何か物足りないのは、倉庫に移り住んで以来、隅田川を越えることがなくなったせいだろう。毎晩、ガタゴトと鉄橋を渡るたびに、一日の終わりを実感してホッとしていた。

けれど、今は東京ドームホテルの明かりがある。夜空に浮かぶ遊園地のシルエットがある。それらが近づいてくると、私は一日の終わりに安堵《あんど》するのだ。

さて、金田さんが教えてくれたお店に行ってみるか。

不思議と疲れた体の底から、好奇心が湧きおこってくる。

今夜もイベント後の若者たちで駅前は賑《にぎ》わっていたが、私は昨日よりもずっと堂々と彼らの間を通り抜けた。

私はやっぱり飲食店が好きなのだ。子供の頃はあれほど嫌っていたというのに。

白山通りを渡り、手前の路地に入った。

緩い坂道に沿って立派なマンションが立ち並んでいた。倉庫のある一本奥の通りとは雰囲気が違う。あちらはマンションよりもオフィスビルが多い。

すぐ横には東京ドームや遊園地があるというのに、こんな場所に住んでいる人がいるということに改めて驚いた。仮の宿りとはいえ、ここから仕事に通う私まで何やら誇らしい気分になってしまう。

しかし、路地を進むうちにだんだん不安になってきた。周囲はマンションの立ち並ぶ閑静な住宅地。すでに時刻は十二時を回っている。さすがに出歩いている人もおらず、街はひっそりと寝静まっていた。

これほど都心の夜が静かだとは思わなかった。先ほどまでの高揚感はいつの間にか心細さに変わり、どこで引き返そうかと、踏み出す足もためらいがちになっていた。

「あっ」

萎《な》えかけていた気持ちに再び希望が灯《とも》った。一区画先の建物の軒下に、淡く光を放つものがあったのだ。私は明かりを目指して、空腹でふらつく足を前へと進めた。

「本当にあった……」

夜道にぽっかりと浮かぶ、行燈《あんどん》のようなシンプルな看板。そこには「キッチン常夜灯」と黒い文字が影絵のように浮かんでいた。

ここが金田さんの言っていた洋食屋だろうか。

私は看板の周りをぐるりと二周して、まじまじと観察した。入ったとたん「ラストオーダーです」などと締め出されてはかなわない。営業時間を確認したかったが、看板には店名以外何も書かれていなかった。

店は古ぼけたマンションに入っていた。暗くてよくわからないけれど、下手をしたら昭和の時代に建てられたものではないだろうか。外壁はザラザラしたコンクリートで、ベランダの手すりは今時珍しい鉄柵《てっさく》だった。

店の入口は一階だが、半地下にでもなっているのか、路地に沿った窓はずいぶん低い位置にある。窓はすべてステンドグラスになっていて、色とりどりの淡い明かりを外に漏らしていた。

「きれい……」

思わずため息が漏れた。窓が低い位置にあるだけでなく、手前の生垣で半分ほど隠れてしまっているのがもったいない。その隠れ家的なところも魅力的で、入る前から期待に胸が高まった。

思い切ってバーの入口のような重厚な木の扉を開くと、カランカランと軽快なドアベルが鳴った。

その途端、濃厚な香りに襲われた。

「ファミリーグリル・シリウス」にもソースや肉の脂、バターの香りが染みついているが、それよりもずっと純度の高い「本物」の香りだ。明らかに素材がいいことを示している。

金田さんからコキールグラタンを食べたと聞いていたが、ここならば本当に本格的な洋食が食べられるかもしれない。

半信半疑だった私は反省しながら、思ったよりも暗い入口に目が慣れるのを待った。

予想どおりドアの内側に三段ほど降りる階段があり、その先に薄暗い通路が延びている。通路の照明は控えめで、棚に置かれたアンティーク調のランプのみ。板張りの床はしっかりとワックスがかけられ、艶々《つやつや》とした床板にランプの明かりが見事に映り込んでいる。

なに、この非日常感。

私はすっかり興奮して、くまなく回りを観察した。

「いらっしゃいませ」

廊下の奥から女性がひょっこり顔を出した。入口の雰囲気にすっかり押され気味だった私は、彼女の愛嬌《あいきょう》のある笑顔にすっと肩の力が抜けた。

小柄でふくよか。いかにも美味《お》しいものを毎日食べていますというように、頬も額もつやつやとして実に健康的である。

「お客様、当店は初めてですね？　うふふ、入るのに勇気がいったでしょう」

人懐こく話しかけられたが、嫌な感じはまったくしなかった。

薄暗い通路はすぐに行き止まりとなり、曲がった先がホールだった。

心地よい照明は、真夜中を照らすにふさわしい温かみのある暖色系だ。

店内はさほど広くない。奥に向かって細長く、左手は外から見えたステンドグラスの窓が連なっていて、そこに二人掛けのテーブルがふたつ、右手は窓に背を向けるようにカウンター席が八席。だだっ広い私の勤務先に比べて、何とこぢんまりしていることだろう。これなら一目で店内が見渡せる。

この時間だからか、客はカウンターの一番奥に女性が一人で座っているだけだった。

ぼんやり立ち尽くしていると、先ほどの女性が「どうぞ」とカウンターの真ん中の椅子を引いてくれた。

カウンターの内側はすぐに厨房《ちゅうぼう》で、コックコートの男性が「いらっしゃいませ」と小さく微笑んだ。さすがに初めての来店で、料理人の目の前に座る勇気はない。私は遠慮をして、通路に近い手前の席に座った。

その瞬間、直感した。ここは当たりだ。間違いなくいい店だ。

自分も飲食業に身を置き、趣味も外食となれば、自然と他人の店を見る目も厳しくなる。

まずは入る前の期待感。そして案内に出た女性の笑顔。こんな遅い時間に入っても嫌な顔ひとつしない。閉店間際の店にうっかり入ってしまい、針の筵《むしろ》に座るような思いを味わった経験はきっと誰にでもあるにちがいない。

さらに快適な室温と空間を満たす美味しそうな香り、しっくりくるカウンターの高さと座り心地のいい椅子。ゆっくりくつろいでほしいという店側の思いがはっきりと伝わってくる。

顔を上げると料理人と目が合った。もしかしたら、彼も初めての客が気になるのかもしれない。

真面目そうな人だ。白いコックコートよりも、パソコンに向かっているのが似合うように思うのは、細いシルバーフレームの眼鏡のせいか。とにかく繊細な印象である。彼はすぐに視線を落とし、手元の作業に集中した。とはいえ、客は私の他に一人しかいないのだから、仕込みでもしているのかもしれない。

さりげなく料理人を観察していると、先ほどの女性が温かいおしぼりを持ってきた。

「どうぞ。今夜も冷えますね。温かいアルコールもありますけれど、いかがですか？」

温かいアルコール？

心が動いたけれど、こう腹ぺこで温かいアルコールなど摂取したらどうなってしまうかわからない。まずはお腹に何か入れようと、私はメニューに視線を落とした。

メニュー熟読も私の趣味のひとつだ。オーナーの熱い意気込みが込められたものから、いたってシンプルなものまで、その店の性格を表すわかりやすいツールである。

「常夜灯《じょうやとう》」のメニューは後者のほうで、定番の洋食メニューが前菜、スープ、サラダ、主菜、デザートと並んでいるものの、その数は極めて少ない。

その分、顔を上げると目の前の黒板にはぎっしりと手書きのメニューが並んでいた。どれも美味しそうなビストロ料理ばかり。つまり彼はフレンチの料理人だ。真っ白なコックコート姿は様になっているし、コック帽を被《かぶ》らないのも、流行《はや》りのオーナーシェフの店でよく見かけるスタイルだ。

「キッチン常夜灯」という店名から洋食店だろうと思ったが、フレンチの店とは驚いた。アンバランスにも感じる「キッチン」の名は、親しみやすさを考慮したのだろうか。

顔を上げると、すぐに先ほどの女性が近づいてきた。

「主菜のお勧めは何ですか」

「今夜は牛ホホ肉の赤ワイン煮、鴨モモ肉のコンフィ、バスク風の魚介の煮込みをご用意しております」

お肉。お肉が食べたい。とにかく疲れた体に栄養を与えたい。

「牛ホホ肉の赤ワイン煮をお願いします」

頭の中はお肉でいっぱいだったが、ふと、こんな注文でよかったろうかと我に返った。一品料理でいいのか、前菜やサラダも頼むべきなのか。とっさにカウンターの奥の女性を見ると、彼女の前にもスープ皿が置かれているだけで、グラスの中はお水のようだった。

「どうぞ、お好きなものだけご注文なさってください」

サービスの女性はにこっと笑うと、カウンター越しに「シェフ、ブッフ・ブルギニヨンお願いします」と声を掛けた。料理人は顔を上げて頷《うなず》き、すぐに調理に取りかかった。

「ここでは、肩の力を抜いてお料理を楽しんでいただきたいんです。お飲み物はお水でいいですか? 温かいのが良ければ白湯《さゆ》もご用意できますよ」

「白湯ですか?」

「はい。冷たいお水が苦手という方もいらっしゃいますから」

なるほど。相手がお年寄りだろうが、マニュアルどおりに氷入りのお冷を来店後すぐに運ぶ「シリウス」とは大違いだ。

「じゃあ、白湯をお願いします」

「かしこまりました」

彼女はにっこり笑うと、「今度はぜひ魚介の煮込みを召し上がってみて下さい。当店のシェフはフランスのバスク地方で修業をしていたんです。つまりシェフの得意料理なんです」と、さりげなくアピールして厨房に向かった。

カウンター席からは厨房が一望できた。潔いほどのオープンキッチンだ。無駄なものは一切なく、調理台もガス台の周りも光るほどに磨き込まれている。

それに比べ「シリウス」のキッチンは、掃除こそ欠かさないものの、本社から届いたレシピや注意事項が一面に張り巡らされ、とてもお客さんに見せられたものではない。

私は厨房に入った女性の動きを目で追った。

シェフの横に立った彼女は、何と鉄瓶で湯を沸かしはじめたではないか。

時折、二人は親しげに言葉を交わす。小柄な彼女とすらっと背の高いシェフの互いを見つめる顔の角度がすっかり板についていて、もしかして二人は夫婦なのではないかと思った。年の頃も同じ四十代前半くらいだ。

私はカウンターに片肘《かたひじ》をついて、ぼんやりと二人の様子を眺めた。

何だかすごくいい。こんな素敵なお店で、夫婦で美味しい料理を作り、客をもてなす。暮らしが仕事に直結している。嫌々仕事に通う私とは違い、どれだけ毎日楽しいだろうか。

ぼんやりとしているうちに白湯が運ばれてきた。

「ご主人ですか」

つい彼女に訊《き》いてしまったのは、私もすっかりリラックスしていたからに違いない。熱いお湯が喉《のど》から食道を流れ落ち、お腹の底がじわりと温まる。

彼女はキョトンと目を見開き、次には「いやぁ、違いますよう」と大きく手を振った。

「初めてのお客様は、たいてい皆さん、そう思うみたいなんです。腐れ縁というか、相棒というか、美味しいものを食べさせてくれるので、一緒に働いているだけですよ」

「えっ、そうなんですか。すみません」

お似合いだと思ったのに、がっかりしたような、ほっとしたような、何とも複雑な気持ちになった。

「おかげで少しばかり栄養を与えすぎてしまったようです」

シェフができあがった料理を運んできた。

「ちょっと、何よその言い方。美味《おい》しいものばかり作るケイがいけないんじゃない」

女性はぷっくりと頬を膨らませた。丸い顔がますます丸くなり、なんとも愛嬌《あいきょう》がある。

シェフはそれには答えず、私に「ごゆっくり」と小さく微笑むと、すぐに奥に下がって鍋《なべ》を洗いはじめた。

会話が聞こえたのか、カウンターの奥の女性がくすりと笑ったような気がした。

サービスの女性はやれやれと言うように軽く首を振ると、カウンターの料理を示した。

「ごめんなさいね。さぁ、冷めないうちに召し上がれ。シェフ、態度はイマイチだけど、料理は美味しいから」

「はい、いただきます」

まさか真夜中に牛ホホ肉の赤ワイン煮を食べることになるとは考えもしなかった。

しかし、この店に入ったとたん感じた、あらゆる美味しさが濃縮されたような香りに抗うことなどできただろうか。真夜中にコキールグラタンを注文した金田さんの気持ちがよくわかった。何よりも私は、ここ数日ロクなものを食べていないのだ。

赤ワインとフォンドヴォー、牛肉の旨《うま》みが溶け出した芳醇《ほうじゅん》な香りが皿から立ち上っている。ダウンライトを浴びて輝く黒に近い赤褐色のソースは、まるでビロードのように滑らかだ。一緒に煮込まれたのはマッシュルームと小タマネギ。横にはたっぷりのジャガイモのピュレが添えられている。ナイフを入れた瞬間、肉のあまりのやわらかさに驚いた。口に入れるとほろほろとほぐれる。

「……美味しい」

ため息が出た。添えられたジャガイモもこれまで食べたことのないくらい滑らかで、口の中ですぐに溶けてしまった。

「美味しいです！　すごく美味しい」

こんな稚拙な感想しか出てこないのが情けないが、一人で美味しさを噛《か》みしめるのがもったいない気がして、サービスの女性と厨房《ちゅうぼう》のシェフ、それぞれに向かって何度も言ってしまった。

再び作業に没頭していたシェフも、顔を上げてこちらを見た。その口元にははにかむような笑みがあった。

言葉の少ないシェフの代わりに、女性が話し相手になってくれた。

「お口に合って嬉《うれ》しいです。ウチのシェフ、愛想がないくせに、お客さんが美味しいって言ってくれた時だけは嬉しそうな顔をするのよ。観察していると面白いの」

「そうなんですか」

シェフはむっつりと押し黙っている。この二人の関係が面白くて、私は「美味しい」と何度も繰り返しながら牛ホホ肉を頬張った。

お肉を食べ終えた時、こんがり焼けた丸いパン、ブールが差し出された。

「シェフがどうぞって」

女性は皿を置くと、にっこり笑ってカウンターを離れた。シェフはそ知らぬ顔で仕込みを続けている。けれど、私の皿にたっぷりと残ったソースに気づいていたのだ。

「ありがとうございます！」

ブールの中はしっとりとしていて、ソースがよくしみ込んだ。パンの甘みと濃厚なソースがまた違う美味しさをもたらしてくれ、余すことなくきれいにソースを食べきることができた。今夜だけで何度美味しいと感激しただろうか。

「ご馳走《ちそう》様《さま》でした。真夜中にこんなに美味しいお料理が食べられるなんて思いませんでした」

「そうでしょう。そう思ってやっているんだもの。ねぇ、シェフ」

彼女はにこっと笑って料理人を振り返った。しかし彼は仕込みに没頭したままだ。

時計を見れば午前一時を過ぎている。カウンターの奥の女性客は今も座りつづけていた。

会計を終えると、女性スタッフが外まで見送りに来てくれた。

薄暗い通路は現実世界に戻るトンネルのようだ。いつまでも居心地のいいあの空間にいたい気がしたが、残念ながら明日も仕事である。

「また来てくださいね」

彼女は名刺代わりにショップカードを渡した。

坂道を下りながら振り返ると、まだ彼女が玄関で見送ってくれていた。

倉庫に帰り、明るい照明の下でもらったカードを見た。

いったい何時まで営業しているのだろうと気になったが、どこにも営業時間は記されていなかった。あるのは「キッチン常夜灯」という店名と、オーナーシェフ城崎恵《きのさきけい》、ソムリエ堤千花《つつみちか》という二人の名前だけだ。

美味しい料理でお腹が膨れたせいか、布団に入っても体はポカポカと温かかった。

私は幸せの詰まったお腹を抱えるように布団の中で丸くなった。

いつもは眠れぬ夜に焦りばかりが募るはずなのに、今夜は「常夜灯」のことをいつまでも考えていたかった。

お店の佇《たたず》まいも、静けさも、空間を満たす香りも、城崎シェフと堤さんの心をほぐすようなサービスもすべてが素敵だった。また行きたい。次は何を食べよう。そんなことをいつまでも、いつまでも考えつづけ、朝までの時間がそれほど長くは感じなかった。

それから三日後のことだ。その日は私にとって週に一度の休日だった。

私はたいてい火曜日に休みを取るようにしている。本当は週に二度休まなくてはいけないけれど、欠けたバイトの穴を埋めるのも店長の大事な仕事である。しかし、それではいっこうに休めないので、週に一日だけはバイトをかき集めて手堅いシフトを組むようにしている。

休日になると、ストンと電源が落ちたように体が動かなくなる。不眠気味の体のせいだ。

眠れない時間の辛《つら》さと、いつまでも消えない疲労感は応《こた》えるが、病院に通うほどでもないと自分を納得させて数年間をやり過ごしてきた。

まったく眠れないというわけではない。寝つきが悪いだけだ。だから大丈夫だと、いつの間にか曳舟のマンションには、バスソルトと癒《いや》し系のグッズが増えていった。

昼過ぎに起き出した私は、買いそびれていた日用品の買い出しがてら蕎麦屋《そばや》で鴨南蛮をすすり、夕方には帰宅して、帰ってきた金田さんに先日訪れた「キッチン常夜灯」のことを報告した。

「よかった。今もちゃんとあったんだね。あの後、本当は幻でも見たんじゃないかって急に心配になっちゃってさ」

「大丈夫、ちゃんとありましたよ。私は牛ホホ肉の赤ワイン煮を食べました」

「ははは。夜中にずいぶんガッツリ食べたねぇ」

そんな会話を交わし、金田さんが誘ってくれた夕食を「さっきお蕎麦を食べました」と遠慮して、ゆっくりとお風呂《ふろ》に浸《つ》かった。ラベンダーの香りに包まれ、今夜こそたっぷり眠るぞ、と、いつもはまだ働いている時間にベッドにもぐり込んだ。

静かだった。

目を閉じているのに、目の奥に夜の青い闇が入り込んでくるように、くっきり意識が冴《さ》えている。眠ろうと思えば思うほど目が冴えて、いつの間にか横になっているのも苦痛になっていた。いつもならそのうちに朝がやってくる。しかし、ずいぶん早くベッドに入った今夜の私にとって、朝はまだまだ果てしなく遠かった。

急に不安になってきた。

いつまでこんな生活が続くのだろう。

このストレスは私が店長である限り、ずっと付きまとうのだろうか。眠れないまま？

不意にサイレンの音が聞こえてきた。このあたりには大きな病院が多く、絶えずどこかで聞こえるサイレンの音が、真夜中の私の不安をさらに掻《か》き立てる。

私はたまらずに飛び起きた。

迷いはなかった。ルームウェアを脱ぎ捨て、セーターを被《かぶ》り、ジーンズに足を通す。階段だけは足を忍ばせて下り、外に飛び出した。明るいところへ、温かい場所に行きたくてたまらなかったのだ。

二度目の「キッチン常夜灯」。ぼんやりとした看板に導かれるように、ステンドグラス越しの明かりが夜にこぼれる路地を歩いて入口にたどり着いた。

そっと扉を開くとドアベルが鳴り、堤さんがひょっこり顔をのぞかせた。

「あらっ、いらっしゃい。どうぞ、どうぞ」

満面の笑みが大歓迎だということを示している。彼女を見た途端、ほっと肩の力が抜けた。

頰に触れる温かな空気と、美味《おい》しそうな香り。そして優しく店内を包み込む、ほどよい照明。カウンターの中のシェフが、顔を上げて「いらっしゃい」と言ってくれた時には、涙が出そうになった。

私の他に客は一人。以前スープらしきものを食べていた女性が今夜もカウンターの奥にひっそりと座っていた。平日の夜とはいえ、今夜も客が少ない。落ち着けるのは嬉しいが、同業者として経営は大丈夫だろうかと心配にもなる。

「今日はいかがいたします？」

堤さんがにこにこしながらメニューを差し出した。

どうしよう。次は何を食べようと考えていたはずなのに、とっさに頭に浮かばない。

「ワイン、お願いします。一杯だけでいいんです」

それから壁に掲げられた黒板を眺めた。

「シャルキュトリー盛り合わせがいいです」

ゆっくりとここで過ごしたいと思ってメニューを選ぶ。

「ワインは白と赤、どちらがお好みですか」

「どちらが合いますか」

そう詳しいわけではない。洋食店の店長といっても所詮《しょせん》はファミレスである。客から入るオーダーもアルコールならざっくりとワインかビールかというだけで、客もワインの質を求めているわけではない。「ファミリーグリル・シリウス」はそういう店だ。ただ、今夜はどうしてもアルコールが欲しかった。そしてソムリエの堤さんにワインを選んでほしかった。

「合うかと言われれば、私の好みになってしまいますけど、それでもよろしいですか」

「はい、お任せします」

と言いながら、ついドリンクメニューを確認してしまった。ボトルワインは値段のばらつきが大きいが、グラスで注文できるものは限られているのか、千円ちょっとの値段だったので安心した。

「アルザスの白にしました」

グラスに注がれる淡く黄色がかったワインを眺めるだけで、特別な空間にいるような錯覚に陥った。さっきまで暗い部屋で必死に目を閉じていたというのに。

それからすぐにシェフが大きな皿を運んできた。

「お待たせいたしました。上から時計回りに、ジャンボンブラン、ピスタチオ入りの豚モモ肉のソーセージ、スモークした鴨のハム、ココットの中は豚肉のリエットです。バゲットと一緒にどうぞ」

薄紅色のバラの花を盛り合わせたような皿を見たとたん、先ほどまでの気持ちがうそのように高揚してきた。

それにこれなら、ゆっくりとここで時間を過ごすことができそうだ。

小さい頃からおやつに魚肉ソーセージを与えられていた私にとって、大人になって覚えた肉の加工品、シャルキュトリーは、子供の頃の常識を覆す贅沢《ぜいたく》なおつまみだ。大皿に盛り合わされたこれらを独り占めできるのも大人なればこそ。

シェフはじっと私を見つめていた。

私は気づかぬふりで、「いただきます」とフォークに手を伸ばした。

華やかな香りに反してキリッとした飲み口のワインと、ハムの塩気がよく合った。

弾力のある噛《か》みごたえは、子供の頃に食べたソーセージと当然ながらまったく違う。噛みしめるたびに旨《うま》みが広がり、それをワインで洗い流すように飲み込むと、さらに違った美味しさに脳が痺《しび》れた。さっきまでの言いようのない不安を押しやるように、私はワインを飲み、シャルキュトリーを噛みしめた。

「お客様、ナイスチョイスです。ウチのシェフのシャルキュトリー類、なかなか人気なんですよ。さぁさ、リエットも食べてみて下さい」

堤さんに促され、大事にとっておいたリエットをすくい、薄くカットされたバゲットにのせた。バゲットも軽く焼いてあり、カリッとした食感と滑らかな味わいが口の中に広がった。

「美味しい！」

「でしょう！　リエットやパテは特にシェフが得意としているんです。今度はぜひパテ・ド・カンパーニュも食べてみて下さいね！」

ふとシェフを見ると、手元の作業に集中しながらも、口元だけがわずかにほころんでいる。ああ、やっぱりここに来てよかった。ここがあってよかったと、私の体からゆるゆると力が抜け、そのとたん、久しぶりに飲んだアルコールで急に顔が火照《ほて》ってきた。

でも、この気持ちのままでいたくて、私はもう一杯ワインを注文した。

「お客様は近くにお住まいなんですか？」

ワインを注ぎながら堤さんが訊《たず》ねた。

「ほら、このお店、わかりづらい場所にあるじゃないですか。お客さんは常連の方ばかりなの。この前も遅い時間にいらっしゃったでしょ？」

「はい、この一本裏の通りに住んでいます。と言っても、まだ十日くらいなんですけど」

火事でマンションを焼け出されたことは、すでに職場でもスタッフや常連客の何人かに話していた。同情してほしいわけでも、手を差し伸べてほしいわけでもないが、ただ聞いてほしかったのだ。

でも、笑い話にでもしないとやっていられなかった。だから、苦しいくせに平気な顔をして、へらへらと他人事《ひとごと》のように語った。これからのことを考えると、途方に暮れて不安で仕方がないくせに、困っていると思われたくなかった。

今夜も、そんなふうにこれまでのことを話した。

堤さんの表情がみるみる曇っていく。

「そうだったの」

「そうなんです。ほら、今日もこの前と同じセーターでしょう。今のところ、これしかなくて」

私は自分のセーターをつまんで見せた。そう。本当に何もかも失ったのだ。

「大変でしたね」

いつの間にか城崎シェフが目の前に立っていた。

「さぞ途方に暮れたことでしょう。でも、行くべき場所があってよかった。本当によかったです」

シェフの言葉に私は頷《うなず》いた。倉庫があった。会社と金田さんに救われた。

「でも、まだ落ち着かないでしょう。ちゃんと眠れますか。いつでもここに来るといい。ここはそういう場所なんです」

私はシェフの顔を見上げた。

眠れない。火事に遭ってから、ますます夜が怖くなった。

不意に熱いものがこみ上げてくる。

慌てて私は指先で目元をこすった。おかしい。涌井総務部長に電話した時も、金田さんに迎えに来てもらった時も、一度も涙など流さなかったというのに。

堤さんが「あらあら」と肩をさすってくれた。その手の温かさに、とうとうこらえきれず涙がこぼれた。

気を許すことができたのは、きっと、堤さんやシェフが私にとって他人だからだ。

涌井さんや金田さんの前では、私は「ファミリーグリル・シリウス浅草雷門通り店」の店長、南雲みもざでいるしかない。

昔から私は「真面目」だと言われてきたけれど、「店長」という鎧《よろい》は、真面目な私にとっては本当に呪いでしかなかった。店では分不相応な責任感を与え、店を出ても緩やかに私を締めつづけて、少しの弱音も吐かせてくれないのだ。

堤さんの手があまりにも優しくて、私はこれまで誰にも打ち明けられなかったことまで話してしまった。おそらく彼女が同業者だから、理解してもらえると思ったのだろう。これまでため込んできたものをすべて、聞いてもらいたかったのだ。

「火事だけじゃないんです。私、洋食店の店長なんです。あっ、洋食店といっても、こんな素敵なお店ではなくて、はっきり言ってファミレスなんです。場所もシブい浅草だし」

「まぁ、若いのに店長なんてすごいじゃない。いくつ？」

「三十四、店長になったのは二年前です。店長なんてやりたくなかったのに、無理やり押し付けられたんです。社長がいきなり、女性が活躍する企業を目指すなんて言い出して、既存店の半分を女性店長にしたんです。中には張り切って引き受けた人もいるけど、私は昔から人前に立つタイプじゃない。自分が上に立つより、二番手として支えるほうがぴったりなんですよ。それなのに強引な人事で……」

女性の社会進出について、度々話題になっていることは知っていた。特に日本に女性リーダーが少ないことも。けれど、それをいきなり飲食業界の中小企業に取り入れるのは強引すぎる。

あまたある飲食店の中にすっかり埋もれた「ファミリーグリル・シリウス」の経営母体である株式会社オオイヌが、何かひとつ目立ったことをしようと飛びついたのが、本業の料理に磨きをかけることではなく、女性の起用だった。

必死に抵抗する私を無理やり説得したのは涌井総務部長である。何事もトップダウンのオオイヌでは、社長の業務命令は絶対なのだった。

「わかるわ。実はね、私も昔働いていたレストランで、初の女性支配人にされたの。それが嫌で、けっきょくは逃げ出しちゃったんだけどね」

「えっ」

私は驚いて振り返った。堤さんは微笑みを浮かべていた。

「私とシェフ、もともと同じレストランで働いていたの。でも、色々とあって二人とも辞めちゃった」

そう言う時の堤さんの笑顔が、火事のことを話す時の私に重なった。

きっと彼女にも色々なことがあって、今、こうしてシェフと二人、「キッチン常夜灯」をやっているのだ。

「こういう時はね、美味《おい》しいものたくさん食べて、お腹いっぱいにするのがいいのよ。美味しいってことだけで、頭の中をいっぱいにするの」

まだ食べられるかと聞かれ、私は頷いた。

食生活が不規則極まりない私は、空腹は感じるくせに満腹感が麻痺《まひ》している。もしかして脳が勝手に「食べられるときに食べておけ」と訳のわからない指令を出しているのかもしれない。店長になってからというもの、私の体はボロボロだ。

「ケイ、あれをお願い」

「わかった」

時々堤さんはシェフをケイと呼ぶ。名刺にあった「城崎恵」は「めぐみ」ではなく「けい」と読むのだと、今になって気がついた。

「店長なんて責任を押しつけられるだけだもんね。何かあればすぐに呼ばれるでしょう。私、それまでの支配人が、偉そうなお客さんに頭を下げる姿を何度も見ていたから、絶対に嫌だって思ったの」

きっと堤さんがいたレストランは、私が働く洋食店とは格が違う。そもそも「支配人」などと呼ばれる人がいる店で食事をしたことがない。

「私のお店では偉そうな人っていうよりも、怖そうな人です。ガラの悪いお客さんも多いですし、チンピラみたいな若い子も、レスラーみたいに体の大きなお客さんも来る。何かあった時に私なんかが出ても甘くみられるだけです。それに、店長というより便利屋ですよ。洗面所の電球が切れた、ビールがなくなったから樽《たる》を運べ、テーブルの脚がぐらつく。何かあればすぐにバイトに呼ばれるんです。いくら店長でも、体力では男の人にかなうわけがないのに」

「そうそう。というか、私も何でもかんでも支配人に頼っていたけどね。今になって思うけど、自立できていなかったんだと思う。私もまだ若かったし、ただ楽しく仕事がしたいだけだった。きっと経験を積んで、お客さんやスタッフとの接し方がわかってくればちゃんと責任感も芽生えて、その時だったら支配人という役割にもう少し正面から向き合えたかもしれない。それを話題作りのために若いスタッフに目を付けて、支配人をやれなんて言われたって、務まるわけがないわよね」

「わかります。それ、たぶん私が店長をやらされているのとまったく同じ状況ですもん」

ますます彼女に親しみがわいた。お互い、いつの間にか言葉遣いも砕けている。

「あの時は悩んだなぁ。大好きなレストランだったからね。でも、自分に支配人が務まるなんて思えなかった。だってさ、調理場はこわ〜いオジサンが料理長なのよ。とても太刀打ちできるとは思えないじゃない。あれこれ文句ばっかり言う経営陣、お客さん、オジサンばっかりの厨房《ちゅうぼう》。あの頃の私には立ち向かう勇気なんてとてもなかった。昔ながらのレストランでね、厨房はまだまだ男社会だったのよ。ホント、あの時は悩んで悩んで、五キロ以上痩《や》せたんだから」

堤さんは昔を思い出すように視線を遠くにさまよわせると、ふっくらとした頰に手を当てて小さくため息を漏らした。それほど悩んだということは、そのレストランがよほど大好きだったのだろう。

会話はすべて聞こえているはずだが、シェフは黙々と調理を続けている。

「それで、シェフとこのお店を？」

「う〜ん、まぁ、色々とあったんだけど、結果的にはこうなっているわね。ここは最高よ。シェフと私の理想のお店なの」

ふわりといい香りが漂ってきた。バターとタマネギの甘い香りだ。

何が出てくるのだろう。私はシェフの動きを目で追った。

シェフがオーブンを開け、さらに広がった香ばしい香りに頰が緩む。

「何を求めるかは人それぞれですから。私は料理がしたいから料理しかしない。生き方も仕事も、自分の身の丈に合ったものにしようと思っています」

シェフが私の前に皿を置いた。

「でも、ひたむきに仕事と向き合っていれば、いつかは与えられた仕事に相応《ふさわ》しくなれるかもしれない。どうとらえるかは、やはり人それぞれです」

シェフはそれだけ言うと、厨房の奥へと戻ってしまった。

「ジャガイモのグラタン、とっても美味しいのよ。私が支配人にされて悩んでいる時に黙って作ってきたの。賄いも食べないから心配してくれたんでしょうね。熱いうちに召し上がれ」

グラタンといってもチーズもベシャメルソースもなかった。スライスされたジャガイモがこんがりと色づいていて、香ばしい香りがする。フォークを入れるとジャガイモの下にはクタクタになったタマネギと細く刻んだベーコンが隠れていた。タマネギはすっかりトロトロになっている。

「シンプルでしょう。クリームを加えて、もっとこってりさせてもいいけど、私はこれが好きなの。たいていお肉料理の付け合わせにされちゃうお料理だけど、シェフったら大皿にたっぷり作ってきて、全部食べろって。これがメインなのよ。ようは脇役でいるか主役になるかハッキリしろってことだと思うのよね」

堤さんはチラリとシェフの後ろ姿を見て、にっこり笑った。

「私、思ったの。どちらでもいいじゃないって。こんなに美味しいんだもの、ハッキリさせる必要はない。そこで気づいたわ。私は決められた立場じゃなくて、もっと自由に接客がしたい。お客さんを楽しませて、自分も楽しみたい。高級店に憧《あこが》れたけど、窮屈なサービスは私には向かない。付け合わせがメインになるようなお店だっていいじゃないって」

私は堤さんの言葉と一緒に、ジャガイモのグラタンを噛《か》みしめた。

彼女の言葉を何度も咀嚼《そしゃく》する。

シェフのグラタンは美味しかった。表面のジャガイモは焦げ目の香ばしさとしんなりした食感が楽しく、タマネギとベーコンの旨《うま》みを吸ってホクホクとしていた。クリームを使っていないからしつこくなく、優しい味わいが体にじんわりと沁《し》み込んでいく。

「続けていれば、私もちゃんと店長になれますか……？」

きっと私しだいなのだろう。

シェフを見ると、彼はすでに自分の仕事に没頭していた。

堤さんも厨房を眺めながら微笑んだ。

「シェフは料理に集中しているようでも、しっかり話を聞いているのよ。それでね、言いたいことだけはしっかり言うの。寡黙だと思ったら大間違いなんだから」

思わず笑ってしまった。

「ケイにとっては、料理を食べさせる相手は私でもお客さんでも一緒なんですって。相手が誰であれ、ただ、大切な人を思って作る料理。それが自分だなんて、ちょっと嬉《うれ》しいじゃない？　だから何だか沁みちゃうのよねぇ」

私はジャガイモを噛みしめた。

店長になってから、重いプレッシャーと体力的にも厳しい仕事に、転職を考えたことも一度や二度ではない。けれど住まいを失い、会社の倉庫に世話になっている以上、今の私に辞めるという選択肢はない。

ショックな出来事の後にたどり着いた場所で、こんな素敵なお店に出会えるとは考えもしなかった。

カランカランとドアベルが鳴った。時刻はすでに午前一時に近い。しかし堤さんはパッと顔を上げると、「いらっしゃいませ」と通路のほうに飛び出して行った。

いったいこの店のラストオーダーは何時なのだろう。カウンターの奥へ目をやると、いつの間にかスープの女性は食後のお茶を飲んでいた。

ドカドカと足音が近づいてくる。床板を叩《たた》く靴音は一人ではない。

「いやぁ、シェフ、またやっちまったよ。終電逃しちまった。世話になるよ」

入ってきたのはスーツ姿の大柄な男性二人。常連らしく、シェフに気さくに話しかけながらカウンターの中央に座った。

チラリと彼らに視線を向けたシェフは、きゅっと表情を引き締めた。

「ビールといつものね。えっとスナギモ！」

まるで焼き鳥屋のような注文に、私は目を丸くした。

しかしシェフは毅然《きぜん》と答えた。

「砂肝のコンフィのサラダですね。かしこまりました」

堤さんが二人の前にビールを置く。当然ジョッキではなく、細長いお洒落《しゃれ》なグラスだった。

すぐにまたカランカランとドアベルが鳴り、堤さんの迎えも待たずに、今度は女性二人組が入ってきた。

カウンター中央の男性客を見ると、「先を越された」とあからさまに舌打ちをして、窓側のテーブルに座る。まだカウンターも空いているが、オヤジたちの横は嫌なようだ。振り向いたオヤジの一人が「お先～」と勝ち誇った笑みを見せた。

堤さんがさりげなく寄ってきて、「終電を逃したお客さんたちなの。ウチの店、ここからが本番なのよ」と楽しそうに笑った。

そういうことか。「キッチン常夜灯」の名前が腑《ふ》に落ちた。

ここではきっとラストオーダーの心配をする必要はない。むしろラストオーダーだと他店を追い出された人たちを受け入れる場所なのだ。

「砂肝のコンフィのサラダ、お待たせしました」

シェフは料理名を強調させながらカウンターにサラダを置いた。

しかし抵抗も虚《むな》しく、オヤジは「おっ、スナギモ、待ってました」と、ノリはまったく変わらない。さっそくサラダをつつきながら、大声でシェフに追加注文をする。

「あとは酸っぱいキャベツと、ぶっといソーセージね。マスタードたっぷりでよろしく」

「シュークルートですね。ソーセージのほか、一緒に煮込んだ豚バラ肉もお出しします」

私は吹き出しそうになった。ビストロである「キッチン常夜灯」も、彼らにとっては居酒屋と変わらない。好きなように時間を過ごせる場所なのだ。

「千花ちゃん、こっちもオーダーお願い」

テーブル席の女性客が手を挙げる。堤さんを名前で呼ぶところを見ると、かなりの常連なのだろう。近隣には病院や企業の入るビルがいくつもある。ここは帰りそびれた人たちを快く受け入れ、ここならば、と彼らも集まってくる。

少なくとも私が働いている店はそんなふうに思われていない。いきずりの外国人、周辺の老舗《しにせ》有名店が長蛇の列だからと諦《あきら》めて入ってきた観光客、時間を潰《つぶ》す学生たち。最初から「ファミリーグリル・シリウス」を目ざして来てくれたお客さんなどほとんどいないだろう。そう考えると、何だか虚しい気持ちになった。

ふと先ほどの城崎シェフの言葉を思い出した。

私には分不相応な店長という役職。

けれど、ひたむきに仕事と向き合っていれば、いつかは与えられた仕事に相応しくなれるかもしれない。

あんな店だと、自分を、店を貶《おとし》めてはいけない。

変えるのはその考え方だ。さしあたり私の居場所はあそこしかない。ならば私が居心地のいい店に変えればいい。なぜなら、私は店長なのだから。

私はわずか二杯のワインで無敵になれた気分だった。

残った理性はちゃんとわかっている。これは酔いのせいだと。

でも、これまで、たかが酔ったくらいでそんなプラスの思考になれたことがあっただろうか。もしかしたら大きな進歩かもしれない。

カランカラン。

また新しいお客さんが入ってきた。堤さんがテーブルの女性客にロゼのワインを注ぎながら「いらっしゃいませ」と声を張り上げる。

初老の男性は、カウンターの奥の女性に軽く会釈すると、そのひとつ隣に腰を下ろした。

こんな時間だというのに、もう少しで満席になってしまう。

そういえば、前回来た時は土曜日の夜だった。平日の夜は仕事帰りの人でこんなに賑《にぎ》わうのだ。客の少なさを心配した自分が恥ずかしくなる。

邪魔になってはいけないと、そっと席を立った。私は今夜、もう十分に満たされていた。

「ご馳走様《ちそうさま》でした。とても素敵な時間をありがとうございました」

入口まで送ってくれた堤さんはにっこりと笑った。

「こちらこそ。それより、こんなに遅くまで大丈夫だったの？」

彼女になら、何でも打ち明けられる気がした。

「休みの日ぐらいと思って早くベッドに入ったんですけど、けっきょく眠れなくて、ここに来ちゃいました。私、不眠気味なんです」

堤さんは目を見開き、その後で微笑んだ。

「いつでもお待ちしています。ここは朝までやっていますから」

「朝まで？」

まさか朝まで営業しているとは思わなかった。

振り返ると、「常夜灯」の看板がぼんやりと浮き上がって見えた。

けっして眩《まばゆ》い明るさはないけれど、暗い夜道に優しく光を投げかける明かりが何よりの希望だった。

朝までやっていますから。

力強い堤さんの声が耳の奥に残っている。

キッチン常夜灯。
私はその名前の意味を、今度こそ本当に理解したのだった。

第二話　明日のためのコンソメスープ

澄み切った空気が刺すように冷たい冬晴れの一日だった。

「ファミリーグリル・シリウス」は珍しくさほどの混雑はなく、午後九時を過ぎた今では店内の客もすっかりまばらとなっていた。

暖房を強めに入れているものの、ドアや窓から忍び寄る冷気は、常に睡眠不足の私には応《こた》える。そもそも制服が夏も冬も七分袖《しちぶそで》のシャツだ。いくら動きやすいとはいえ真冬にこれでは寒いに決まっている。

そういえば、私の前任の男性店長はいつでもダークカラーのスーツだった。けれど、私に限らずどこの店の女性店長もずっと同じ制服で、唯一変わったのはネクタイの色くらいだ。いかにも店長ですという目立つ姿は嫌だけど、結局こういう所にも性差が現れている気がして、なんとなくしっくりこない。

また一組、客が席を立ち、大村さんがレジに入った。今夜のもう一人のバイト、花田《はなだ》くんがすかさず片づけに向かう。どうやらみんな早く帰りたくてウズウズしている。そりゃそうだ。こんなに寒い夜は早く家に帰って熱いお風呂《ふろ》にでも浸《つ》かりたい。

ドリンクやデザートを準備するバックヤードのカウンターにいた私は、チラリと時計を見た。午後九時五十分。ラストオーダーまであと十分だ。店内に残っている客もすでに食事を終えているから、このまま新しいお客さんが入って来なければ、閉店時間よりも早く店を閉められるかもしれない。

私はホールの仕事を大村さんと花田くんに任せると、キッチンの様子を覗《のぞ》いてから狭い事務所に入った。キッチンもすでに注文はなく、閉店への準備を着々と進めている。とりあえず今日も無事に終わりそうだ。

点《つ》けっぱなしのパソコンの前に座り、本社からの連絡と食材の発注に不備がないかをチェックする。夕方から飲みかけだったエナジードリンクに手を伸ばし、生ぬるい残りを飲み干した。すっかり炭酸が抜けて甘ったるいだけの液体になっているが、疲れた体にはその甘みこそが甘露だった。ああ、なんという背徳感。

帰りに「キッチン常夜灯」で熱々の煮込み料理でも食べたい気分だが、今日はまっすぐ帰宅すると決めていた。

給料日まであと二日。今夜は先日買い込んだカップラーメンをすするのだ。住まいがどうなるかわからない身として、贅沢《ぜいたく》は許されない。

現在私が身を寄せている倉庫の管理人の金田さんは、夕食を用意しておこうかと提案してくれたが、厚意だけをいただいて丁重に辞退していた。

かつては寮夫だったとはいえ、今の金田さんは設備部に属する倉庫の管理人で、たまたまマンションを焼け出された私を総務部長の指示で置いているにすぎない。あまり甘えたくないというのが本音だった。私も自由に過ごしたいし、一人の生活が長かった金田さんのペースも乱してはいけない気がする。

それでも時折感じる金田さんの気配に、一人ではない心強さを感じていた。階下の物音、偶然顔を合わせて交わす挨拶《あいさつ》、お風呂場に残った石鹸《せっけん》の香り。誰かがそばにいるのは、こんなにも安心するものなのだ。

火事にあってから急に一人が心細くなったのは確かだ。あの時、隣の大家さんがドアを叩《たた》いてくれなければ、私はいったいどうなっていただろう。

そこではっとした。曳舟のマンションの件をほったらかしにしたままだった。

いけない、保険の書類だけでも目を通さねば。

そう思ったとたん、ホールから「いらっしゃいませ」と大村さんの声が聞こえた。

驚いて時計を見ると十時二分前、ラストオーダー直前の駆け込み客だ。ちっと思わず舌打ちが漏れそうになる。

本来なら、やまびこのようにキッチンからも「いらっしゃいませ」と声が上がらなければならないのに、それが聞こえないのはきっと誰もがこのお客さんを「招かれざる客」だと思っているからに違いない。

いけない。バイトはそれも仕方がないが、店長の私まで同じ考えでどうするのだ。私はすっかり退勤気分で脱ぎかけていた店長の鎧《よろい》を再び纏《まと》う。目に見えないこの鎧は、私にはやっぱり重くて息苦しい。

仕方なく事務所を出てホールに向かう。

入口に近いテーブルで、中年夫婦がメニューを覗き込んでいた。

新しい客が入ってくると、もともといた客たちも安心して長居をする。これは経験上間違いなく、今夜は長期戦になりそうだと覚悟を決めた。どうせ帰宅しても倉庫でカップラーメンだ。私の鎧には、諦《あきら》めという言葉もワンセットになっている。

大村さんが中年夫婦の注文を取っているのを確認し、花田くんを手招きした。

「花田くん。シフトどおり十時で上がってね。キッチンの村井《むらい》さんも十時までだから、声を掛けて一緒に上がっちゃって」

「はぁい」

大学一年生の花田くんが嬉《うれ》しそうに返事をしてバックヤードへと駆けていく。

今日みたいに昼間から売上が少ない日は、人件費もきっちり管理しなくてはいけない。残っているのは私と大村さん、キッチンの社員、永倉《ながくら》さんの三人だけになるが、新規で入るオーダーも、中年夫婦の分だけならたかが知れている。

しかし、甘かった。

ラストオーダーで入った注文はほぼ四人分。五分後には彼らの息子と思われるぽっちゃりした男性が「滑り込みセーフ」などと言いながら駆け込んできたのだ。真冬なのに額にはびっしりと汗を浮かべていて、大村さんがバックヤードで「キモい」とあからさまに顔をしかめた。

キッチンでは永倉さんが、プリンターから吐き出された大量の注文伝票を乱暴にむしり取っていた。まずい。永倉さんの機嫌が最高に悪い。

私はエプロンを首にかけるとキッチンに入った。こういう時はさっさと料理を出して一刻も早く食べてもらうに限る。

「永倉さん、手伝います」

入社二十年目の永倉さんは、私よりもずっとベテランなのだが、どうにもやる気が感じられない。そのため社内でも存在感が薄く、店長候補として名前が挙がったこともなかった。

短い期間で転々と異動を繰り返しているのは、どこの店でも使い物にならないと追い出されているからに違いない。その上やる気のなさが外見にも表れて、目つきは悪いし口も悪い。バイトから嫌われているのも知っている。

「ファミリーグリル・シリウス」で提供する料理を仕上げるのに、特に専門性は必要ない。必要なのは慣れだけだ。そのため社員は、ホール、キッチンの両方が務まるように教育されるのだが、私が店長になってからは、たとえ私が不在の日でも、永倉さんがホールに出るようなシフトは絶対に組まないようにしていた。ベテランのパートやバイトのほうがよほど頼りになるし、彼のやる気のなさがお客さんに伝わってしまうのが怖かった。

「この時間にこんな注文なんて嫌がらせだよなぁ」

永倉さんはブツブツ文句を言いながら、冷蔵庫からハンバーグのパテを二枚取り出し、乱暴にグリルに置いた。両面を焼いてからオーブンに入れるのが「シリウス」のマニュアルだ。

私は冷凍庫からハーフボイルのパスタを取り出し、ボイルマシーンに入れてタイマーを押した。その間に先に提供したいサラダに取りかかる。

すっかり閉店準備を進めていたため、いつもはスライスしてスタンバイしてあるトマトがない。ウォークインの冷蔵庫まで走り、トマトを一個持ってくる。注文は、よりによってトッピングの具材が多くて面倒なニース風サラダだ。

永倉さんは冷凍のチキンライスをドリア皿に空け、電子レンジにかけた。

「ファミリーグリル・シリウス」の一番人気のドリアは、セントラルキッチンで美味《おい》しく炊いたチキンライスと、同じくセントラルキッチンでじっくり煮込んだベシャメルソースを各店舗で組み合わせ、レシピ通りのトッピングを施してこんがりと焼くというシンプルな工程のメニューだ。

電子レンジにかけている間、永倉さんはキッチンのカウンターから首を伸ばしてホールの様子を窺《うかが》った。

首を引っ込めると私のほうを向いて、「ああ、いかにも大食いって感じのファミリーだなぁ。こんな時間のメシなら蕎麦《そば》くらいにしとけばいいのに」と、わざとらしく顔をしかめた。そういう永倉さんは、まるでカロリーが足りていないような貧相な体格だ。

「蕎麦屋はとっくに閉店していますよ。この時間でもしっかり食事ができるからシリウスに来てくれたんじゃありませんか」

さっきまでは私も遅い時間の客に腹を立てていたはずなのに、今は永倉さんのほうに強い怒りを感じていた。

そう、これは私たちの仕事だ。お客さんは何も悪くない。むしろ売上の振るわない日の最後に、こんなに注文してくれたことを感謝しなくてはならない。

「ふん、南雲は相変わらずいい子ぶってんなぁ。本社にかわいがられるわけだよ」

嘲《あざけ》るように言われ、カッと頭に血が上った。

それ以降、私はいっさい永倉さんと口をきかなかった。

黙々と料理を仕上げて提供すると、私はさっさとホールに出た。

永倉さんは身の回りを片づけたら、洗い物を私に押し付けて帰ってしまうだろう。

でも、そのほうがずっと気が楽だ。

永倉さんは私のことを一度も「店長」と呼んだことがない。その気持ちもわかる。けれど、今では私も永倉さんが一日でも早く別の支店に異動してくれることを願っていた。


ニース風サラダ、フライドポテト、カキフライ、スパゲッティボロネーゼ、シーフードドリア、デミグラスハンバーグ、トマトとチーズのハンバーグ、苺《いちご》サンデー、ホットコーヒーがふたつとアイスロイヤルミルクティーがひとつ。

デザートとドリンクも早めに提供させていただく許可をもらい、すべてのメニューを用意できたのは、閉店時間の十時半を過ぎていた。さすがに他のお客さんは残っていない。となると、ただこの家族が食べ終わるのを待つだけである。

キッチンを見れば、案の定永倉さんの姿はない。スタッフはオートロックの裏口から出入りするから、おそらくもう帰ってしまったのだろう。

お客さんには入店時に閉店時間を伝えてあるが、これだけの料理をさっさと食べろというのも酷な話だ。そもそもこのお客さんは、ラストオーダーに間に合えば大丈夫というスタンスが最初から見え見えだった。

あまりしつこく言ってクレームを出されても嫌だし、わが社の運営方針は「お客様の要望には誠心誠意お応《こた》えする」で、閉店時間を過ぎたからと無理に客を追い出すようなことは禁じられている。

大村さんは所在なげにレジに立っていた。お調子者だが、決められたことはしっかりやってくれるので、学生とはいえ夜のスタッフの中で一番頼りになる。

「大村さん、あとは私がやるからもういいよ。ありがとね」

本来のシフトでは、彼女は十時半までだった。十時を過ぎると深夜手当てが付く。たった一組の客のためにこれ以上残しておくわけにはいかない。

店の状況にかかわらず、売上と人件費はシンプルな数字として本社に報告され、時に容赦ないお叱りを受ける。ちなみに店長も残業代はないが深夜手当ては付くのだ。

「なぐもっち、本当に一人で大丈夫？」

普段は店長と呼ぶ大村さんが、心配そうに私の顔を見つめた。

「大丈夫。何かあってもセコムしているし」

私は玄関に貼られた警備会社のシールを示して笑ってみせる。毎回一人で残るたびに不安になるけれど、日本の治安の良さを無理やり信じて、一刻も早く店を出ることだけを考える。

しかし、彼らはなかなかに手ごわかった。

注意されないと見ると、まるで自宅のように家族の会話を楽しみながら食事を続ける。それだけよく嚙《か》んだらさぞ消化にもいいだろう。

ホールを無人にするわけにもいかず、私はたいして必要のないカウンター内の整理をしながら時間を潰《つぶ》した。もしも事務所に行くことができたら、こういう時こそため込んでいる伝票類の整理ができるのに。

ようやく彼らが会計のそぶりを見せたのが十一時二十分。父親と母親が交代で手洗いに立った。他の客はとっくにいないし、洗面所は男女分かれているのだから、一緒に行けばいいのに、などと腹が立つ。

「ご馳走様《ちそうさま》〜、美味しかったよ」

父親がお腹をさすりながら先に店を出ていき、ぽっちゃりした息子は会計する母親の横で待っている。おそらくもう社会人だろうにべったりと仲がいい。

「息子がねぇ、明日から大阪に転勤なのよ。荷物を整理していたらこんな時間になっちゃってね、助かったわ。ありがとう」

母親はバッグに財布をしまいながら言い訳のように言った。でも、その言い訳が、私にはズシンと応えた。

彼女たちにとっては最後の家族団らんであり、息子を送り出すための大切な食事だったのだ。

もしも今の言葉を永倉さんが聞いたら、彼の心にも何か響くものがあるのだろうか。いや、きっと何も響かないだろう。「だったらわざわざ外食なんかしないで母親の手料理でも食わせろよ」などと言うかもしれない。

でもこの時間の食事なら、明らかに「シリウス」に行こうと決めて、わざわざ家を出てきてくれたに違いない。

「ファミリーグリル・シリウス」は開業して二十年以上経っている。あの家族にとって、ここが思い出の店だったとしてもおかしくはない。

申し訳ない気持ちが体の底から湧き上がる。店長だからではない。人として、心からそう思った。

しかし、感傷に耽《ふけ》っている暇はない。さっさと片づけて帰らなくては終電を逃してしまう。玄関の施錠をし、照明を半分落としてレジを締める。それから急いで皿を下げてシンクに浸《つ》け込んだ。永倉さんが洗浄機の電源を落としてしまったので文句はないはずだ。

もう一度店内を回って点検をし、裏口から外に出た。

風が強くて寒い。上空の雲はすっかり吹き払われ、オリオン座の三ツ星も綺麗《きれい》に見えた。それを目印にひときわ明るいシリウスを探す。

ああ、シリウス、私は毎日あなたに苦しめられています……。心の中で呟《つぶや》きながら、夜の雷門通りを猛ダッシュした。

日曜日は終電も早い。どんなに寒い日でも猛ダッシュすればさすがに暑くなる。暖房の効いた地下鉄で、私はマフラーを外して腕に抱えた。

最後の家族のことが澱《おり》のように心に沈んでいた。

早く帰れと願う私のすぐ近くで、彼らはそんなことはつゆ知らず、離れ離れになる家族の時間を大切に過ごしていたのだ。

胸が痛む。そんなことは関係ないと流してしまえばいいのに、私にはそれができない。体に溜《た》まった澱は、こんなことがあるたびにどんどん重量を増し、鎧《よろい》と一緒になってますます私の眠れぬ夜を積み上げていく。

きっと永倉さんは、こんなことを考えることもないだろう。

そもそも気づきもしない。自分の常識だけがすべてだと思い込んでいる。

たとえ遅い時間であろうと、私たちは食事を求めるお客さんがいる限り、それに応えなければならない。そういう仕事なのだ。それに私だって、いつも真夜中にお腹を空《す》かせている。そんな人が世の中にはたくさんいる。

ふっと「キッチン常夜灯」が頭に浮かんだ。

あの店には、平日の深夜、終電を逃した会社員たちが集まってくる。そんな時間まで頑張ったからこそ、美味《おい》しい料理が食べたいのだ。

城崎シェフも、堤さんも、そんな彼らを快く迎え入れる。そもそも「常夜灯」は朝まで営業している。常連客達はしだいに顔見知りとなり、店はさらに心地よい空間となる。

閉店時間が近づくにつれ、殺伐とした雰囲気になる「シリウス」とはまったく違う。

一度倉庫に帰った私は、そっと財布の中身を確認した。

今夜はカップラーメンのはずだったのに、とても気持ちが収まらない。

それだけでなく、永倉さんに憤ったおかげで妙に神経が高ぶっていた。これでは、いつも以上に眠れるはずもない。

私は一度脱いだコートを羽織ると、財布をポケットに入れて外に飛び出した。

明るい堤さんといつも変わらないシェフに会いたい。

穏やかに流れる「常夜灯」の時間に身を委《ゆだ》ねてホッとしたい。今夜の気持ちをリセットするには、どうしても「常夜灯」が必要だった。

路地の先にぼんやりとした看板の明かりが見えた。

ドアを開けると、すぐに「いらっしゃいませ」と堤さんが顔を出した。日曜日の夜は終電を逃した会社員もおらず、店内も落ち着いているのだろう。

「みもざちゃん、いらっしゃい。今日はずいぶん遅いのね」

いつの間にか堤さんは私のことを名前で呼ぶようになっていた。

私も堤さんと呼んでいるけれど、常連客のように、いつかは「千花さん」と呼んでみたい。彼女は手が空くと話し相手になってくれ、少し歳の離れたお姉さんといった感じだ。普段、店で店長として頼られっぱなしの私は、おおらかな彼女の雰囲気にすっかり魅了されてしまった。

私がいつも座るカウンターの手前側には先客がいた。若い女の子の三人組で、三人とも明るい色の髪を緩く巻き、真冬だというのにヒラヒラとした可愛らしいワンピース姿である。

「彼女たちも常連さんなの。ドームでイベントがあると来てくれるのよ。ね？」

堤さんが私に紹介すると、彼女たちは振り向いて「こんばんは〜」と人懐っこく挨《あい》拶《さつ》をした。彼女たちのバッグには一面に缶バッジが並んでいる。あんなに付けて重くはないのだろうか。

温かいおしぼりを渡してくれながら、堤さんはこっそり教えてくれた。

「推し活っていうのかしら？　イベントがあるたびに仙台《せんだい》から出て来て、このあたりのホテルに泊まるらしいわ。どこで『常夜灯』を知ったのかわからないけど、ほとんど毎回来てくれるの。シェフのことがお気に入りみたいよ。確かに黙っていれば、いい男に見えなくもないからね」

堤さんの言葉に吹き出しそうになった。シェフの口は普段は堅く閉ざされている。

チラリと横目で窺《うかが》うと、彼女たちはシェフの料理を背景に、推しキャラのアクリルスタンドを撮影していた。

今やSNSが当たり前の世の中だから、深夜に美味しいビストロ料理が食べられる店を誰かが紹介しても不思議はない。けれど、あまり評判になられても嫌だな、と思うのは私のわがままか。

左手を見ると、今夜もいつもの女性が座っていた。カウンターにはスープ皿とスマートフォン。彼女は時々画面を見ながら、ゆっくりとスープをかきまぜている。

いつもよりも彼女に近いせいか、ふわりとコクのある香りが漂ってきた。美味しそうな香りに胃袋が刺激され、忘れかけていた空腹感を思い出す。

私は堤さんを呼んで小声で訊《たず》ねた。

「いつも奥にいらっしゃるお客さんのお料理は何ですか？」

「ガルビュール。フランス南西部、ベアルン地方の郷土料理で、お野菜がたっぷりの優しいスープです」

「ベアルン地方？」

「スペインとの国境に近いですね。シェフのスペシャリテのひとつなの。よろしければみもざちゃんもいかがですか」

初めて来た時、シェフはバスク地方で修業したと聞いた。野菜たっぷりのスープならお腹にも溜まりそうだし、給料日前のお財布にも優しいに違いない。

「私にもお願いします」

スープの女性がこちらを見て、わずかに微笑んだ気がした。

お勧めメニューの書かれた黒板を見ると、本日のスープにちゃんと書かれていた。彼女もこれを見て選んだのだろうか。彼女の前にはいつもスープ皿がある。シェフのスープを楽しみに訪れるスープ好きの客なのかもしれない。

そう待つことなくスープが運ばれてきた。

少しだけクセのある複雑な香り。淡い褐色のスープには細かく刻まれた野菜と白インゲン豆がたっぷり沈んでいる。上に飾られた刻みパセリも瑞々《みずみず》しい。けれど、先ほど感じた独特の香りがわからない。

「いい匂い。これ、何の香りですか」

「うふふ。まずは召し上がれ」

私はスープをすくって口に入れた。香りの次はセロリやニンニク、香味野菜の風味が押し寄せる。スプーンで皿に沈む野菜をかき回すと、縮緬《ちりめん》キャベツ、ニンジン、タマネギ、白インゲン豆がゆるりと踊り、野菜に混じるように細かいお肉が見えた。

「ええと、これは……」

「ガルビュールは生ハムのお出汁《だし》が効いたスープなんですよ」

言われてみれば、この深みのある味わいは生ハムだ。よく知っているはずなのに、スープに結びつかなかった。厨房《ちゅうぼう》に大きな生ハムの原木が置かれているのを何度も目にしていたではないか。

「生ハムの骨と刻んだ生ハムからいい旨《うま》みが出るんです。本当はキントア豚というバスクの黒豚の生ハムで作りたいそうですけど、ウチではとてもとても」

堤さんが残念そうに言うと、厨房のシェフがむっつりと睨《にら》んだ。キントア豚がどれほどのものか知らないが、このガルビュールも十分美味しい。

細かいお肉は生ハムのほかに豚のバラ肉を刻んだものも入っているらしい。生ハムの旨み、豚の脂と野菜の甘みが溶け出し、程よい塩味のなんとも優しい味わいのスープだ。

「これだけ具材があればお腹も一杯になりますすし、体の隅々まで栄養が行きわたる感じがします。元気が出ました」

本当にそのとおりだった。ここに来るたびに、数時間前まで働いていた自分が嘘のように体が軽くなる。温かく美味しいお料理のおかげで体中に血液が巡り、疲れが吹き飛ぶ。おまけに堤さんとの会話が、気持ちまでリラックスさせてくれる。

「お口に合ってよかったわ。ねぇ、シェフ。みもざちゃんが元気出ましたって」

料理を褒められると、シェフははにかむような笑みを浮かべる。それを見るのが私も楽しい。

こちらの会話を聞いていたのか、女の子三人組もガルビュールを注文し、できあがったスープと一緒にシェフまでスマホで撮影をしている。

気さくに撮影に応じるシェフに、また意外な一面を見た気がした。けれど顔はどこか恥ずかしそうで、ここで楽しく時間を過ごすお客さんの要望にはどこまでも応《こた》えようとする姿勢が伝わってくる。

盛り上がるカウンターの右手とは正反対に、左側はひっそりとしていて、スープの女性がいたことをすっかり忘れていた。彼女はスープを食べ終えて、スマートフォンの画面を気にしながらお茶を飲んでいた。賑《にぎ》やかな店内の雰囲気に、いつも静謐《せいひつ》な気配を纏《まと》う彼女まで、どこか楽しそうに感じられた。

スープを飲み終えると、堤さんにハーブティーをお願いした。私の不眠を知っている彼女は、リンデンやカモミール、レモンバーベナをブレンドして、気持ちを鎮めるお茶を出してくれた。

三人組の女の子が帰ると、店内は急に静かになった。「シェフ、バイバーイ」と手を振られ、ぎこちなく手を振り返すシェフが何やら可愛らしかった。

ハーブティーを飲み終えると私も席を立った。

スープの女性はまだひっそりと座っていた。いったい何時までいるつもりなのだろうか。シェフも堤さんも、まったく気にする様子もない。

やっぱり私は狭量だ。せっかく忘れていた「シリウス」の最後の客にカリカリと神経を逆立てた数時間前の自分を思い出して、情けなくなった。

いつものように今夜も堤さんが玄関まで送ってくれた。

「スープのお客さん、よく見かけますけど、ずいぶん遅くまでいらっしゃるんですね」

時刻は深夜二時を回っていた。私もこんな時間まで「常夜灯」にいたのは初めてだ。

堤さんはにっこり笑って答えた。

「いつも閉店時間までいらっしゃいますよ」

「閉店時間？」

堤さんは頷《うなず》いた。

「ええ。『キッチン常夜灯』の閉店時間は午前七時です」

「七時までやっていたんですか」

朝までやっているとは聞いていたが、始発が動きだすくらいまでの時間だと思っていた。それが、まさか七時までとは。

「じゃあ、終電を逃したってやってくる常連さんたちは……」

「始発が動きはじめると帰る方もいらっしゃいますし、七時まで粘って、ここから出勤される方もいらっしゃいます。時々、居眠りしてしまう方までいて困っちゃうんです」

堤さんはまるで困ってなどいないようにカラカラと笑った。

「驚きました。いくら都心とはいえ、こんなお店があるなんて」

「都心だからかもしれませんよ。眠らない街なんて言われますけど、夜中に行ける場所なんて限られているんです」

それはずっと私が思っていたことだ。堤さんは続けた。

「案外、行き場のない人ってたくさんいるんです。どんな人でもたどり着ける真夜中の居場所を作りたいって、この営業時間を決めたのはシェフです」

「行き場のない人たち……」

物理的な居場所だけでなく、心の行き場も含まれる気がした。不眠の私にとって、眠れない葛藤《かっとう》を抱えてベッドにいるのは何よりも辛《つら》い時間でもある。

「だからみもざちゃんも、安心してゆっくりしていってくださいね。あっ、でもお布団でちゃんと眠ることが一番ですけど」

「ありがとうございます」

私は堤さんに手を振って、倉庫へ続く路地を曲がった。今日もずっと堤さんが見送っていてくれた。

それから一週間、私は「キッチン常夜灯」に足を運ぶことができなかった。

相変わらず毎日クタクタになって水道橋に帰りつき、空腹であることに変わりはない。シェフの料理を食べたいのは山々だが、物理的に時間がとれなかった。

なぜなら、曳舟のマンションの大家さんから、火災保険の手続きを早くしろと催促の連絡があったのだ。加入している保険はもらい火での火災や消火活動による家財の水濡《ぬ》れ、破損も補償してくれるという。

被害の状況がわからなければ、書類も作成できず、部屋の中の荷物も片づけられない。つまりは、いつまで経っても部屋の原状復帰もできないということだ。大家さんとしては、私が部屋に戻るにせよ、戻らないにせよ、早くカタをつけたいに決まっている。

けれど、大家さんはけっして無慈悲な人ではない。申請書には事細かに記したほうがいいなどと、様々なアドバイスをしてくれ、そうなると私もこれ以上放っておくこともできなくなる。

すっかり倉庫の生活にも慣れ、金田さんとの付かず離れずの暮らしも悪くないと思っていたが、会社の温情で置いてもらっているにすぎないのだ。今さら特例的に廃寮となった部屋にこのまま住みつづけられるはずもない。

日々の仕事だけでも精一杯だというのに、いったいどれだけ私を悩ませる出来事が降りかかってくるのだろう。たとえ自分のこととはいえ、煩わしい余計な仕事に思えてならないが仕方がない。

私は貴重な休日を使い、久しぶりに曳舟のマンションを訪れた。水に浸《つ》かった品物をリストアップするためだが、すっかり変わり果てた自分の部屋に足を踏み入れるのにはかなりの勇気を必要とした。

まだ足元はグズグズと湿っている。漏電の恐れがあるからと電気は止められ、昼間とはいえ窓のないキッチンは薄暗く、一歩一歩確かめるように部屋の中へと進んだ。

大家さんからは、細大漏らさずリストアップしたほうがいいとアドバイスされていたが、テレビや冷蔵庫などの家電はともかく、あまり細々としたものまでリストに加えて、がめつい女だと思われるのも嫌だと思った。

でも、箸《はし》の一本、靴下の一足も、私が「シリウス」で働いたお金で買ったものに変わりはない。例えば、使いかけの化粧水や乳液はどうなるのだろう。諦《あきら》めてもいいけれど、不規則な生活に荒れがちな肌を気にして、せめて基礎化粧品くらいはと、わりと高価なラインを揃えていた。自分を雑に扱っているようでも、ちゃんと大事にしようと思う部分もあったのだ。そうなると、忘れかけていた被害者意識が頭をもたげてくる。自分の意思でこうなったわけではない。突然、面倒なことに巻き込まれただけなのだ。

「シリウス」の店長に命じられた時もそうだった。

半数以上の店舗で女性店長をと言われても、まさか自分にその役が回ってくるとは思っていなかった。自分には店長など務まるはずはなく、務まるはずのないものを命じられるとは考えもしなかった。

内示を受けた時は必死に抵抗をした。けれど、強引に辞令が下された。

確かに社長は革新的なアイディアを出すことで有名だった。本社のお偉方はただ従うだけなのだ。

本社のお偉方といっても、株式会社オオイヌは現場第一主義だから、本社スタッフの人数は極端に少ない。人事も総務部の手広い職掌のひとつであり、専門の部署があるわけではない。このプロジェクトの中心となったのは、現総務部長の涌井さんだった。

思えば、私のほか数名の女性店長が誕生した二年前には、私たちにところてん式に押し出されたもともとの店長たちは、本社やセントラルキッチンに配属替えとなった。

つい昨日まで店長だった社員が、ある日突然、営業部や購買部へと所属が変わるの

これでは専門分野のスタッフが育つはずもない。かつて寮夫だった金田さんが設備部にいるのも同じ理屈だ。

セントラルキッチンで開発される料理が美味《おい》しいとはいえ、専門店の真似事《まねごと》レベルを脱却できないのは、そこにも理由がある。

しかし、私もけっして偉そうなことを言える立場ではない。なぜならその中途半端さを知った上で、これならば簡単に採用されそうだと就職試験を受けたのだから。

学生時代は「温泉巡り愛好会」という地味なサークルに所属し、マイペースな友人に囲まれて就職活動にもすっかり出遅れた。

仲のよい友人は大学院に進んだり、家業を手伝ったり、地方の温泉宿を紹介するサイトを立ち上げたりと、誰一人まともに就職したものはいなかった。

私は当時学生寮に入っていて、何としても就職先を見つけて自立しなくてはならなかった。なのに就職活動に身が入らなかったのは、実家が中華食堂だったことも影響していると思う。

いつも自宅一階の油臭い店にいる両親を見て育った私は、外に働きに出るイメージがどうしても湧かなかった。

幼い頃はいつも両親が家にいて嬉《うれ》しかった。私も食堂の片隅で遊んだ。けれど、店が忙しいと構ってもらえず、寂しかったことも覚えている。

成長するにつれ、ラーメンばかり注文が入る古臭い中華食堂を何だか恥ずかしく思うようになった。

同級生の父親はネクタイを締めて会社に行く。片田舎だから、友人のほとんどの家は戸建てで、玄関横のガレージにはどこもお洒落《しゃれ》なセダンやカッコイイSUVが停まっていた。

しかし、我が家は昔ながらの木造二階建てで、車は店名の入った軽のワンボックスカー。時々仕出し料理の予約が入ると、父は油の跳ねた白衣のままその車で出かけて行った。そんな父親と、三角巾《さんかくきん》を被《かぶ》った母親をできるだけ友人には見られたくなかった。

私は飲食業には就かないはずだった。

それなのに、大学の卒業ギリギリで株式会社オオイヌに滑り込んだのだ。

飲食業と言ってもピンからキリまであり、成長企業や誰もが名を知る大手は人気がある。そこにこぼれた学生たちにすら見向きもされなかったのが「ファミリーグリル・シリウス」だったのだ。

この仕事は私にとっては生活のための手段だった。ただ穏やかに社会人生活を送れればよかった。特に責任を持たず、ニコニコと笑って料理を運ぶ。それだけでいいはずだった。

それでも、お客さんから喜んでもらえればやっぱり嬉しくて、意外といいものだなと思えるようになった。そんな時に下ったのが、店長の辞令だった。堤さんが言っていたように、私には店長という仕事に向き合うにはまだ早かった。もっと素直に接客という仕事を楽しみたかった。

つんと嫌な臭いがして、はっと我に返った。

部屋に溜《た》まった水が、いろんなものと反応して、臭いを放っている。これがもしも真夏だったら、湿った部屋はたちどころに蒸れて、黴《かび》だらけになっていただろう。そうなれば、とてもクローゼットなど開ける気にはならなかった。

私は気を取り直して作業に戻った。念のために部屋の惨状をスマホで撮影し、次に引き出しを開け、上のほうのトレーナーやTシャツを数えてノートに記録する。

しかし、十五分もするとすぐに嫌になった。靴下や下着、一枚、一枚に値段を付けたらかなりの額になるに違いないが、とてもすべてを確認する気にはならない。あとは記憶を頼りにして、思い出せないものは諦めようと立ち上がった。

ほぼすべて、「シリウス」で働いたお給料で買ったものだ。使い物にならないそれらを数えることは、今の私にはダメージが大きすぎる。

大家さんの部屋に行き、部屋の荷物の廃棄はすべて任せるとお願いした。大家さんも忙しい私の仕事をよく理解してくれていて、快く引き受けてくれた。

今日の役目はこれで終わりだ。

あとは被害にあった品物のリストを完成させればいい。

マンションのエントランスに向かうと、火災の時に一緒に外に出たスウェットの男とばったり出くわした。外から戻ったばかりの彼は、平日の昼間だというのに今もスウェットにダウンを羽織っただけの恰好《かっこう》で、すれ違うと煙草の臭いが鼻をついた。すぐにパチンコだなと直感した。

男は私をチラリと見てあの夜のことを思い出したらしく、へらっと笑った。

「お姉さん、あの時は大変でしたよねえ。今、どこにいるんすか。部屋、片づいたら戻ってくるんすか」

馴《な》れ馴れしく聞かれて、「急いでいますから」と横を通り過ぎた。

コイツの家が水浸しになればよかったのに。

一瞬でもそんなことを考えた自分のすさんだ心が虚《むな》しかった。

あの男に出くわしたせいだろうか、自分は真面目に働いているんだと実感したくて、浅草で途中下車して、「ファミリーグリル・シリウス」に立ち寄った。

午後一時、まだ昼の忙しさの真っただ中だ。こういう時、店長が不在の店内はどんな様子なのかと興味もあった。

昼間のベテランパート、泉《いずみ》さんはすぐに私だと気づいたが、内緒にするようお願いして、唯一空いていた一番奥の二人掛けテーブルに座った。この席はお手洗いにも近く、お客さんも嫌がる席だ。

この席をお客さんが嫌がる理由はもうひとつある。薄い衝立《ついたて》の向こうは、調理場に直結したドリンク類を作るカウンターになっていて、スタッフの声が筒抜けなのである。今の私にとって、まさに願ってもない席だった。

ちょうどお腹も空《す》いてきた。見慣れた店でも、こうしてテーブルについてみるとずいぶん印象が違う。ここはお客さんの気持ちになろうと卓上に置かれたメニューを開いた。少しべたついていた。

不意に油の臭いの染みついた実家の中華食堂を思い出した。テーブルもメニューも箸《はし》立ても、全部べたついていた。母親が毎朝拭《ふ》いていたけれど、空気中に溶け込んだ油は水拭《みずぶ》きではけっしてきれいにならないのだ。

ランチメニューのシーフードドリアとサラダのセットを頼み、食後にコーヒーを付けた。

注文してから改めてメニューを眺めた。たいして品数があるわけではない。どれもありきたりで、どんな料理なのかと興味を引かれるメニューもなかった。シェフのスペシャリテがぎっしりと書き込まれた黒板を眺めるだけでも心が躍る「キッチン常夜灯」とは大違いだ。

ふと横のテーブルを見てヒヤリとした。私よりも前から座っているのに、料理は何ひとつ運ばれていない。

見るからに会社員風の男性が、さっきから何度も時間を気にしている。

嫌な予感がして首を伸ばすと、ほかにも料理が届いていないテーブルがいくつもあった。いつの間にかウェイティングの椅子も案内待ちの客でいっぱいになっている。

だめだ、全然店が回っていない。

すぐ近くには浅草寺《せんそうじ》。観光地はいつも賑《にぎ》わっているけれど、時折爆発的にお客さんが入ってくることがある。どうやら今日はそれにあたってしまったらしい。

自分が作ったシフトを必死に思い出した。キッチンもホールもそれなりに人数を揃えたはずだ。社員は永倉さんのみだが、彼は盛り付けは雑だけど仕事は早い。

もぞもぞとお尻《しり》の居心地が悪くなった。ここは私が手伝いに入るべきだろうか。普段から私が休みの日はこんな状況なのだろうかと、嫌な汗が手のひらに浮かぶ。

思わず席を立ちかけたその時、聞き慣れた声が聞こえた。

「おい、料理上がってんだろ！　さっさと運べ！」

永倉さんだ。相変わらずイラ立っている。この状況では、キッチンも伝票が停滞して料理もスムーズに出ていないのだろう。こういう時は改めて仕切り直すことが必要だ。

そういえば、私を案内してくれた泉さんの姿がない。今日のホールでは一番のベテランだから、バックヤードで必死に態勢を立て直そうとしてくれているのかもしれない。

「違う、こっちの料理が先だ。三卓行ってから、次にこれを五卓。いいか、間違えるなよ」

また永倉さんの声だ。なんと、テキパキと指示を出しているではないか。

私は浮かせていた腰を下ろした。

永倉さんを少し見くびっていたかもしれない。

隣のテーブルにもようやく料理が運ばれてきて私はほっとした。

もしも私が休みの日に何か問題が起これば、店長代行である永倉さんが表に出なくてはならない。たとえそれを避けるために、普段とは違う態度をとっているのでも構わない。今はただ、乱れたオペレーションを立て直そうと先頭に立っている姿を見ることができて嬉《うれ》しかった。

これが彼の本当の姿だとすれば、私との関係が問題なのだ。

年下の女が店長では面白くない気持ちもわかる。でも、私も彼の風聞を鵜呑《うの》みにして、最初から距離を置いてしまっていなかったか。

どうすればうまく接することができるかはわからないが、彼がまったく仕事にやる気がないわけではないことははっきりした。

キッチンにしろホールにしろ、店を営むスタッフとしてお客さんを待たせたり不快にさせたりしても心が痛まないようでは、その資格がない。

何だか、私が常にやきもきしている理由がわかった気がする。

店の広さに対し、スタッフが十分とはいえない場合も多々ある。私は店長として、いつも料理はまだ出ないのか、ウェイティングのお客さんをいつ案内できるのか、どうして誰もレジに行けないのか、常にやきもきしてイラ立っていた。

やきもきするのが店長で、そのやきもきを減らすには自分が動かなければならないと思っていた。でも、人を動かし、自分の分身を作ることが本当の役割ではないのだろうか。

「キッチン常夜灯」の堤さんがいつもおおらかなのは、一目で店内を見渡せるからだ。

カウンター内の城崎シェフも、直接お客さんの反応を読み取ることができる。よどみなくいいタイミングで料理が出てくるのは、自分の目でそれぞれのお客さんのペースをつかんでいるからにちがいない。

泉さんが、「大変お待たせしました」と緊張しながら、私のテーブルにシーフードドリアのセットを運んできた。

ドリアは湯気が上がるほど熱々だった。オーブンから出されてすぐに運んできたのだろう。耳を澄ませたが、バックヤードの声はもう聞こえない。つまり山場を越えたということだ。

私はスプーンを手に取った。ベシャメルソースの下のチキンライスも、トッピングの海老《えび》や帆立もしっかり火が通り、久しぶりに食べたけれど素直に美味《おい》しいと思った。ソースもコクがありクリーミー、チキンライスもトマトの酸味がほどよく効いていて、ベシャメルソースと完璧《かんぺき》な相性だ。けっこうウチの料理も美味しかったんだ。

「これ、作ったのは永倉さん？」

「は、はい」

「美味しいって、シェフに伝えておいて」

「シ、シェフ？」

「お客さんがそう言っていたって言えばいいから。あ、私が来たことは内緒でね」

私は素早く食事を終えると、泉さんに会計をしてもらって、さりげなく店を出た。

「キッチン常夜灯」に足を運んだのはそれからさらに数日後だった。

マンションでリストアップした品物の金額を算定し、書類を完成させるのは思ったよりも大変だったのだ。

「常夜灯」に向かう私の足は弾んでいた。

今夜もスープの女性は来ているだろうか。同じ一人で通う女性同士、いつかは言葉を交わせるくらいの間柄になりたいなどと思った。朝まで「常夜灯」で過ごす彼女のことが気になっていたのだ。

ドアを開けると、いつものように堤さんの「いらっしゃいませ」とよく通る声が聞こえた。続いて彼女がすっ飛んでくる。その勢いに私は思わずたじろいだ。そんなに熱烈に歓迎されているのかと思ったが、彼女にあるのは勢いではなく切迫感だった。

「あ、みもざちゃん、いらっしゃい」

「こんばんは。堤さん。どうかしましたか」

堤さんはふわっと笑った。いつもの微笑みではなく、明らかに取り繕うような笑いだった。

「何でもないの。どうぞ、どうぞ」

案内されて店内に入った。薄暗い通路の角を曲がったとたん、城崎シェフと目が合った。

シェフは角を曲がってくる相手を気にしていたのか、「いらっしゃいませ」と言うとすぐに目を逸《そ》らした。

店内は無人だった。

今夜も冷え込んでいて、私の勤務先も夜はサッパリだったが、何かがいつもと違っていた。来るたびにひっそりとカウンターの奥に座っている女性が今夜はいない。きっと堤さんは、私のことをあの女性だと思って飛び出してきたにちがいない。シェフも堤さんも、彼女が姿を見せないことを心配しているのだ。

そうとわかれば、時々手を止めて通路を眺めるシェフにも納得がいった。

「みもざちゃん、今夜は早かったのねぇ」

「ええ、昼間、雪がちらついたの気づきました？　さすがの浅草も、今日は人出が少なかったんです」

「ああ、雪！　そうねぇ。このあたりもチラチラしていたわ。ドームホテルもてっぺんが霞《かす》んでいたわねぇ、そうそう、温かい飲み物はいかがですか」

口調はいつものままだが、不安を無理やり押し隠すように明るく振る舞っているのが見え見えだ。

私は勧められるまま、堤さんが用意してくれたホットビールを飲んだ。

ホットといっても熱々ではなく、ほんのりと温かい程度なのが心地よい。黒ビールを温めて蜂蜜《はちみつ》で甘みを加えているようだ。かすかに感じるスパイスはシナモンだろうか。ホットワインはよく見かけるが、温かい黒ビールを飲んだのは初めてだった。

「こんな日はスープはいかがです。温まりますよ」

珍しく城崎シェフから声がかかった。スープと聞いて、自然とカウンターの奥へ目をやってしまう。シェフは頷《うなず》いた。

「毎晩、私は彼女のためのスープを仕込んでいるんです」

「彼女のため？」

私が訊《き》き返すと、シェフは堤さんに視線を送った。

堤さんは困ったように眉《まゆ》を下げた。

「彼女はね、ちょっと事情があるお客様なの。連れてきたのは私なのよ。五、六年前かしら。ここがオープンしてわりとすぐの頃だったと思うわ」

「六年前」

すかさずシェフから訂正が入った。手元では小鍋《なべ》を揺らしていて、私のためのスープを温めてくれている。

「そう、六年前。このお店はね、午後九時に開店するの。シェフはずっと早くから準備をしているんだけど、私はだいたい一時間前に来るの。その日はちょっと用事があって、御茶ノ水からここに向かっていたのよ。やっぱり寒い日だったわ。風がぴゅうぴゅう吹いて、雪もちらついていた。彼女、御茶ノ水駅の近くの橋の上で蹲《うずくま》っていたのよ。人通りは多いのに、だあれも声をかけないの。具合でも悪いのかなって心配になるじゃない。私、『大丈夫ですか』って声をかけたの」

その時の寒さを思い出したのか、堤さんは両腕をさすった。

「でも彼女、真っ青な顔で震えながら『大丈夫です』って。全然大丈夫に見えないのよ。放っておけないじゃない。だってね、泣いていたのよ。だから言ったの。『一緒に来ませんか』って」

堤さんは冷え切った彼女の手を引いて、この「キッチン常夜灯」までやってきた。それが、彼女にとって初めての来店だった。

「どうぞ」

静かなシェフの声とともに、目の前に皿が置かれた。ほっこりと甘いクリーミーな香り。土の色のポタージュだ。上には粗挽《あらび》きの黒胡椒《くろこしょう》が散らされ、受け皿には薄く切ったバゲットが添えられていた。

スプーンで軽く混ぜると濃厚なスープが絡みつく。たまらず口に運ぶと甘い風味が鼻に抜けた。美味しい。そして濃いのに優しい。

「栗のポタージュです。クリームも加えていますが、ナッツならではのコクと甘みが美味しいでしょう」

私の顔を見て、満足げにシェフの口角が上がった。シェフはいつも料理を食べる客の表情をしっかりと観察している。

「ちょっぴり加えたポルト酒とナツメグもいいのよね。こんな寒い日は濃厚なスープで体の芯《しん》から温まるのが一番なの」

堤さんはそう言うと、チラリと通路のほうに視線を送る。物音が聞こえた気がしたが、どうやらステンドグラスを叩《たた》く植え込みの枝だったらしく、新たな客が入ってくる気配はない。

「毎晩、シェフは彼女のためにスープを用意しているんですか」

「スープは一皿で体を満たし、心を温めてくれる料理です」

「そう。それにバリエーションも豊富だし、色々な具材を使えば栄養もたっぷり。実はね、そのお客さん、ここに連れてきたはいいけど、何も口にしなかったのよ。食べることに無頓着《むとんちゃく》。そのくせいつまでもガタガタ震えていてね、見ていられなかったの」

そんな彼女を見かねて、シェフはその日用意していたスープを出したそうだ。

何のスープを出したか訊《たず》ねようとした時、カランとドアベルが鳴った。

堤さんが玄関のほうへ駆けだした。

終電を逃した客にしては静かだ。彼らはだいたい連れ立って来店する。

シェフもじっと通路のほうを見つめていた。

「……いらっしゃい」

現れた人影を見て、シェフの表情が緩み、すぐにこわばった。

通路から姿を現したのは、たった今まで話題にしていたスープの女性だった。彼女は堤さんに抱きかかえられるようにして、ゆっくりと歩いてくると、力尽きたように一番手前のカウンター席に座った。

シェフは緊張したように彼女を見つめている。

さっぱり状況がわからないけれど、何かとても空気が張りつめていることだけは確かだ。

しばらく沈黙が続いた。

私たちはじっと彼女を見守っていることしかできない。

しばらくすると、彼女は肩を震わせはじめた。

シェフの顔がさらにこわばり、不安げな視線を堤さんに送る。

堤さんは頷いて、決心したように泣きだした彼女の肩にそっと手を置いた。

「だ、大丈夫?」

彼女は堤さんの体に縋《すが》ると、ふっくらとしたお腹に顔を埋めてさらに泣きだした。

堤さんは腕を回して彼女の背中をさすった。

泣いている彼女の体がとても小さく見えた。実際、堤さんの腕に包まれた彼女の体は折れそうなくらいに細かった。そういえば、私は彼女がスープ以外の料理を食べている姿を見たことがない。

シェフはじっとその様子を見守っていた。

しばらくすると、彼女は堤さんからそっと体を離した。

「ごめんなさい。ここに来たら何だかほっとして。そしたら、涙が溢《あふ》れてきちゃって……」

彼女はおしぼりでそっと目元を拭《ぬぐ》い、顔を上げた。

「シェフ、千花さん、心配をおかけしました。もう大丈夫です。いえ、大丈夫というか、持ち直しました。夕方急変した時はドキッとしたんですけど、今は落ち着いているので帰れとお医者さんが」

「……そう、でしたか」

シェフからため息のような声が漏れた。

堤さんが彼女と出会った雪のちらつく御茶ノ水、そして今の言葉。私にも何となく状況がわかった。

彼女がいつもスマートフォンを気にしているのも、急な連絡に備えているのだ。このあたりは救急車のサイレンが絶えない。近くにはいくつも大きな病院があるのだから当然だ。

「あの……」

私は遠慮がちにカウンターに身を乗り出した。彼女に向かって、そっと飲みかけのスープ皿を示す。

「とりあえず、シェフのスープはいかがですか？　温まりますよ」

こんな寒い夜は、誰もが同じ言葉でスープを勧めるにちがいない。シェフは困ったような顔をし、彼女は私のスープを覗《のぞ》き込んだ。

「ああ、今夜は栗のポタージュなんですね。美味《おい》しそう。シェフ、私にもお願いします」

「かしこまりました」

シェフは小さく頷いて、すぐに調理に取りかかった。

堤さんは熱いミルクティーを淹《い》れ、彼女と私の前に置いてくれた。

彼女は熊坂奈々子《くまさかななこ》と名乗り、私も名前と最近この近くに引っ越してきたことを伝えた。「常夜灯」は、たまたま通りすがりに見つけて立ち寄るような店ではない。ここを必要とする者が導かれるようにしてたどり着く場所なのかもしれない。

奈々子さんは私に「冷めちゃいますよ」とスープの続きを促しながら、「私、シェフの作るスープが大好きなの」と語りはじめた。片手をスマートフォンの上に置き、時々画面を確認する。

「優しい味でしょう。単純じゃないの。いろんな具材が溶け込んで、体に栄養が行きわたる感じがする。きっとね、手間ひまの他にシェフの食べた人を元気にしたいっていう気持ちも込められていると思うの」

「そうかもしれません」

「前に教えてもらったの。栗のスープは、栗とタマネギをじっくり炒《いた》めるんですって。でも、その前に栗の渋皮を剝《む》くのが大変なのよ」

私はハッとした。きっと「ファミリーグリル・シリウス」で同じようなスープを作るとしたら、栗は間違いなく最初からピュレ状になっているものを使うだろう。

城崎シェフがそんなものを使うはずがない。いつも注文が入った時以外は何かしら手を動かしているのは、そういう細々とした仕事がいくらでもあるからなのだ。

「シェフ、一人でやっているでしょう？　スープ以外にもたくさん仕込まなきゃいけないお料理があるのに、どれも手を抜かないの。それって、お客さんに一から自分が作ったものを食べてもらいたいってことよね。この潔いほどのオープンキッチンだってそうよ。全部さらけ出しても恥ずかしいことはないっていう覚悟があるから、隅々まで見せるの。ねぇ、そうですよね、シェフ」

突然話を振られて、小鍋《なべ》から皿にスープを移していたシェフは少し顔を上げた。返事はないが、私はそれを肯定と捉《とら》えることにした。

シェフは静かに奈々子さんの前にスープ皿を置いた。

「……美味しい」

スプーンでスープをすすった奈々子さんがため息のように言うと、シェフの表情がわずかに緩んだ。

奈々子さんはゆっくりとスプーンでスープをかき回している。濃厚なスープにまったりと渦が描かれ、それが少しずつ消えていくのを私はぼんやりと眺めていた。

今夜の常夜灯はしっとりとしている。気まぐれに落ちた都会の雪をすぐに溶かしてしまう、湿ったアスファルトのようだ。黒い夜の底が雪を受け止めるように、毎晩「常夜灯」はお客さんを受け止めている。

「聞いてくれますか？」

スープをゆっくりと混ぜながら、小さな声で奈々子さんが言った。

彼女はこちらを見ておらず、スープだけを見つめていた。

「聞かせてください」

私もそっと答えた。

「夫が、死んじゃいそうなんです」

私は空になった自分のスープ皿に視線を落とした。

「もう何年もすぐそこの病院で入退院を繰り返していたんです。でも、とうとうもうダメみたい。痛み止めの薬でほとんど眠っているわ。覚悟をしておくようにって、お医者さんにも言われているの。今夜は持ち直したけど、明日かもしれないし、明後日《あさって》かもしれない。いいえ、もしかしたら夜が明ける前にまた呼び出されるかもしれない……」

奈々子さんはカウンターの上のスマートフォンの暗い画面に細い指を滑らせた。

私は言葉を挟むことができず、じっとスープ皿の底を見つめていた。

「家もそう遠くないんです。病気が深刻になってから、病院に近いほうが安心できるって引っ越したの。狭い部屋だけどね、お互いの両親も協力してくれてなんとか。……でもね、一人になるのが怖いんです。不安しかない。暗い部屋で夫のことを考える時間はまるで永遠なの。深い沼にはまり込んだみたいに、希望なんて一切湧いてこない……」

いつしかスープを混ぜる手は止まり、スプーンを持つ彼女の指が震えていた。

「ここに来るとホッとします。私を現実世界に繋《つな》ぎとめてくれるの。温かくて優しい明かりに包まれたお店、シェフと千花さんがいて、時々賑《にぎ》やかなお客さんが来て、店内は笑いに包まれる。一人ぼっちだと悪いことばかり考えてしまうけれど、常連さんの話を聞いていると、ああ、病院に行ったら夫にも聞かせてあげたいなんて思える。そう、明日のことを考えられるようになるんです。明日に希望が持てればそれで十分。もう未来のことなんて私たちには必要ないから……」

彼女は悲しそうに微笑んだ。

「千花さんに出会ったのは病気を告知された時でした。即入院になってしまって、突然私だけ放り出されて、どうしていいかわからなかった。心細くて死にそうだった。

あの時、理由も聞かずにシェフはコンソメスープを出してくれたんですよね。覚えていますか、澄んだスープにカウンターのダウンライトが映ってゆらゆら揺れていて、とってもきれいだった……」

「忘れませんよ」

シェフは答えた。堤さんが連れて来た女性に、シェフもきっと困惑したにちがいない。でも、何とか彼女を温めたいと思ってスープを出したのだ。

「美味しかったです。冷え切った体の隅々まで行きわたる温かさにホッとして、どうしてこんなに透明なのに複雑な美味しさがあるんだろうって驚いて……。夫のことしか考えられなくなっていた意識が、ふっとほぐれたんです。一口すすったスープで、びっくりするくらい気持ちが楽になったの」

「コンソメは、見た目はシンプルですけど、実際は香味野菜や牛肉、ワインをじっくり煮込んで、純粋な旨《うま》みだけを濾《こ》しています」

「そう。私もあの後、コンソメの取り方を調べました。そこで思ったんです。不安や恐怖、健康な人への妬《ねた》み。夫への愛情があればこそ、病気を宣告された私には様々な感情が湧き上がって押し潰《つぶ》されそうでした。でも、決めたんです。そのドロドロとした感情は私だけが抱えればいい。それらをきれいに濾過《ろか》して、夫には純粋な愛情だけをただ感じてほしいって。だって、一番苦しんでいるのは夫なんですから」

「その話を聞いた時、私にできることをしたいと思いました」

シェフがしみじみと呟《つぶや》いた。

「あの夜、千花さんがここに連れてきてくれて、シェフのスープを飲んでそう思えたんです。それ以来、シェフは毎回私のためにスープを出してくれるようになりました。正直なところ、私はまるで食欲なんてなかったんです。ただ、心細い夜を誰かと過ごせる居場所が欲しくてここに通っているだけでしたから。でもね、シェフったら心配して、飽きないように毎回　毎回、違うスープを作ってくれました。いつしかそれが私の楽しみになったんです。あれからの私はシェフのスープで生かされているみたい」

夫が入院するたびに、奈々子さんはここに通ったそうだ。

入院の期間は次第に長くなり、そして昨年秋から今回はいよいよ最後になりそうだと、彼女は淡々と語った。そこには何年も夫を支えてきたからこその覚悟が感じられた。でも、それは諦《あきら》めとは違う。ただ夫を最後まで見守ろうという純粋な愛情だった。

きっとシェフと千花さんは、いつもの時間に姿を見せない奈々子さんに、とうとうその時が来たのかと気を揉《も》んでいたにちがいない。

「奈々子さんのおかげで、ずいぶんシェフのスープのレパートリーが増えたんですよ。調べたり、昔の師匠に訊《たず》ねたり。時にはフランスの修業先に電話までしていましたからね」

堤さんが言うと、シェフはつんと横を向いた。

「スープは担当したことがなかったんです」

フレンチは役割が細かく分かれていると聞いたことがある。そうだとすれば、修業先はかなり大きなレストランかもしれない。

目を伏せたシェフを見て、奈々子さんが小さく笑った。

「時々、夫が目覚めると話をします。『キッチン常夜灯』のことも話したんです。夫は喜んでくれました。私が一人で不安がっているのがいつも心配だったみたい。温かい部屋で待っていてくれる人がいてよかったねって。いつか行ってみたいなんて言っていました」

「いつでもカウンターの奥は並びで二席空けておきます」

堤さんが言った。私もこれまでカウンターが満席になったところは見たことがない。これまでも堤さんは彼女の横を空けておいたのだ。

「これからもスープをご用意してお待ちしています」

シェフの言葉に奈々子さんは頷《うなず》いた。

「一人じゃないって、何にも代えがたいことなんです。お店が忙しくて私になど構ってくれなくてもいい。ただ、少し気にかけてくれる人がいるだけで救われるんです。人の気配に、温かいお料理の湯気に、暗くて静かな夜をやり過ごす場所があることにどれだけ私が救われたか。……それに、ここならばすぐに病院にも駆けつけられますから」

彼女は口元に微笑みを刻みながら、目には今にも溢《あふ》れそうな涙を浮かべていた。

シェフは白いナプキンをとると、そっと奈々子さんの前に置いた。

「私も一人で過ごす夜の長さをよく知っています。でも、必ず朝が来ます。眩《まぶ》しい光を見れば、何となく気持ちも明るくなる。私たちは、そのための場所を用意しているだけなんです」

奈々子さんは顔を上げた。

「本当にシェフのおっしゃるとおり。現実は何も変わらないのに、朝の光を浴びると何だか気持ちを前向きにできるんです。不思議なものですよね」

悩むのはたいてい夜だ。心細くなるのも夜だ。夜の闇と静けさが、よけいに気持ちを弱くする。火事の夜もそうだった。私は大家さんの部屋で早く夜が明けることを願っていた。朝が来て、世界が動きだすことをひたすら祈っていた。

「賑やかな都会も、夜はひっそり静まり返っちゃうもんね。繁華街だってお酒を出すお店以外、夜中は閉店しちゃうし。でも、誰もが帰る家があるわけじゃない。その家が安らげる場所とも限らない。ふふ、行き場のない人の居場所もやっぱり必要よね。しかもれなく美味《おい》しいシェフのお料理もついてくるんだもの」

堤さんが言い終わらないうちに、ガランッと勢いよく扉が開き、ドカドカと床板を踏む足音が響く。ずいぶんせっかちだ。

堤さんは「いらっしゃいませ！」と満面の笑みを浮かべて、通路のほうへ駆けていく。

「気分よく飲んでいたら、すっかり終電逃しちまったよ。ちいっと朝まで、シェフの美味《うま》い漬物とタマネギの煮っころがしでいさせてくれねぇかな」

「はいはい、ピクルスと小タマネギのグラッセですね」

通路から大きな声が聞こえる。対応する堤さんの声までつられて大きくなっていた。

「今夜は仕事ではなくハシゴ酒か。参ったな」

シェフが呟きながら、奈々子さんにカウンターの奥を示した。

「騒々しくなります。いつもの席のほうが朝までゆっくりお寛《くつろ》ぎいただけますよ」

「はい、ありがとうございます」

彼女が席を立つと、シェフはさりげなく彼女の皿を下げてスープを温め直した。

奥の席に移動した奈々子さんは、いつものように店の景色の一部に溶け込んでいた。

それぞれのお客さんに毎日変化はあるはずなのに、ここの景色はつねに穏やかだ。

その変わらなさに私たちは安心感を覚える。ここに来れば、私は「ファミリーグリル・シリウス」の店長であることも、火事で焼け出されたことも忘れられる。奈々子さんも、そうやって六年間をやり過ごしてきたのではないだろうか。

「おっ、シェフ、お疲れさん！」

すっかり上機嫌の常連客がカウンターの手前にどかっと腰を下ろした。

椅子がきしみ、堤さんが「壊さないでくださいよう」と笑いながら、グラスのビールを置いた。

「冬野菜のピクルスです。クミンとカルダモンの風味をお楽しみください」

シェフもカウンターにピクルスの盛り合わせを置いた。

色とりどりの野菜がダウンライトに艶《つや》やかに輝いている。パプリカにヤングコーン、カリフラワーにキュウリ。とても美味しそうだ。

私も次は注文してみようと、もうすっかり次回のことを考えていた。

第三話　ご褒美の仔羊料理

「ああ〜、何なの、アイツ！」

エナジードリンクを一気飲みした私は、思い切りアルミ缶を握り潰《つぶ》した。

「ファミリーグリル・シリウス」の裏口である。耳元では真冬の冷たい風がピュルピュルと音を立てているが、怒りに震える今は寒さなどまったく感じない。七分袖《しちぶそで》のシャツをさらにまくり上げているくらいだ。

今日の料理はひどかった。もちろん作ったのは社員の永倉さんだ。彼は私がいる時は一歩もキッチンから出ようとしない。

「シリウス」の料理は、セントラルキッチンから配送された半仕込み品を仕上げてお客さんに提供している。

仕上げとは、加熱したり、ソースを加えたりしてお皿に盛りつけることだが、そのソースもセントラルキッチンで仕込まれたものだから、マニュアルどおりに作れば誰でも味の平均値を保つことができる。焦がしたり、ソースの分量を間違えたりしない限りは。

しかし、どうしてもキッチンスタッフの熟練度によって、平均よりも見た目も味もよい場合と、それ以下の場合があり、料理を運ぶスタッフの悩みの種となっている。

そこで永倉さんである。

彼は社員だ。しかも私よりもずっとベテランで、ほぼキッチン専属だ。私が彼に標準よりもできのいい料理を求めるのは当然のことだと思う。

たとえば。

「あら、今日のハンバーグ、いつもよりふわっと焼けているわ」

「ん？　このステーキ、やけにジューシーに焼けているな。肉、変えたの？」

などという感想を常連客から聞きたいと思う。

なぜなら永倉さんは、パテやリブロースの火の入り具合も、店のオーブンの火力も知り尽くしているはずなのだ。

けれど、料理に関するクレームは、圧倒的に永倉さんが出勤している日に多い。しかも私と永倉さんが揃って出勤している日だ。何か私に恨みでもあるのだろうか。

マニュアルどおり真面目に作ってくれる学生バイトのほうが、私にとってはよほど信頼できるスタッフである。

とにかく腹が立つ。私は握り潰したアルミ缶を、駐車場の自動販売機のごみ箱に投げ込んだ。しかし見事に外れ、私はしゃがんで缶を拾う。

ことの起こりは一時間前。「お客様がお怒りです」とバイトの大村さんに呼ばれた。大村さんは一刻を争うという様子で慌てていて、ざっと状況を聞くと、とにかく料理に対して男性客が腹を立てているという。

来たか、と思った。

私がテーブルに駆けつけると、目を吊《つ》り上げた中年の男性客は私を見るなり、「お前じゃ埒《らち》が明かねぇ。責任者を呼んで来い」と声を張り上げた。

周りのお客さんが、ぎょっとしたようにこちらに目を向けた。

こうなると逆に私の腹も据わる。私は店長、この店の責任者だ。震えそうな足にぐっと力を籠《こ》め、手のひらを強く握った。大丈夫、ちゃんと鎧《よろい》を着ている。

「私が当店の店長でございます。お料理に問題があったそうで、大変失礼いたしました」

深々と頭を下げた。

顔を上げると、男性客はぽかんと私を見つめていた。

「は？　こんな若い女が店長？　まぁ、いいや、これ見てよ。盛りつけも汚いし、裏側、真っ黒に焦げているよね。これ、食べろって言うの？」

彼はすっかり気勢をそがれたようで、先ほどよりも口調がマイルドになっていた。とはいえ、気は抜けない。私は彼の示すステーキをじっくりと眺めた。

皿一杯にソースがだらしなく広がり、付け合わせの野菜も不恰好《ぶかっこう》だった。彼も何かおかしいと思い、肉をめくってみたにちがいない。

私も気づいていたのだ。今日の料理は、全体的にメニューブックの写真どおりとはいかない盛りつけだった。永倉さんの虫の居所が悪いのだ。

あまりにもひどいものは、運ぶ前にさりげなく直していたが、この男性客の料理は
「多少ソースが多いけど問題ない」と判断したはずのものだった。

けれど、ソースの量が多いのは、明らかに永倉さんの隠蔽《いんぺい》工作だ。どうしてしっかり確認しなかったのだろう。苦い思いがこみ上げ、さらに拳《こぶし》に力が入った。

「大変失礼いたしました。すぐに新しいものをご用意させていただきます」

「早くしろよ。時間ねぇんだよ」

最初は金銭がらみの要求をする質《たち》の悪い客かと思ったが、明らかにこちらに非があるクレームだ。何とかこの場を収めなければと焦る一方、永倉さんへの怒りも込み上げる。

ああ、本社にも報告をしなければ。いや、その前にお客さん本人が本社にまで直接

苦情を言う可能性もある。そうなったら最悪だ。本社に届いたクレームは、ケーススタディのために全店に通知される。それこそさらし者だ。いや、むしろそのほうが、永倉さんの問題を明るみに出せていいのではないか。

焦げたステーキを持って厨房《ちゅうぼう》に向かいながら、私は目まぐるしく思考を巡らせていた。

いやいや、とにかく今もっとも大切なことは、一刻も早くマニュアルどおりに焼いたステーキをお客さんに運ぶことだ。

ランチタイムの真っただ中、ほぼ満席の状態で、他の注文に追われていた永倉さんは、私を見て明らかに面倒くさそうな顔をした。

「何？ 新しいのを作れって？ ちっ、裏側なんてよく気づいたなぁ」

カッと頭に血が上る。

「確信犯じゃないですか！ 気づいていたのなら、こんな焦げたお肉を出さないで、新しいお肉を焼いて下さいよ！」

そもそも、忙しい時に余計な仕事を増やしたのは永倉さんなのだ。

「もったいない。先月、ウチの店、廃棄量が多いって問題になっていたじゃん」

ならばお前が材料を無駄にするな。出かかった言葉を必死に呑《の》み下す。

「それとこれとは別です。第一、永倉さんならこんなお肉食べたいと思いますか？」

埒が明かないので、私は自分でストッカーから取り出したリブロースに塩と黒胡椒《くろこしょう》を振ってグリルに置いた。

「まぁ、俺は食わねぇな」

永倉さんの頭にトングを投げつけてやりたくなった。

「もういいから、他のオーダーはきちんと仕上げてください」

私は慎重に肉を焼き、細心の注意を払って付け合わせの野菜を盛りつけた。皿の縁の指紋や跳ねたソースをきれいに拭《ふ》き上げ、先ほどのテーブルに向かった。

客は私が焼いたステーキをじっくり眺め、ひっくり返したり、ナイフで切って断面を確認したりと検分しながら、うんざりした口調で言った。

「あんたが皿を下げた後にちょっと厨房を覗《のぞ》いたんだけどさ、ちゃんと奥には話のわかりそうなオッサン、いるじゃん」

永倉さんのことだ。どうやら首を伸ばして、ドリンクカウンターからキッチンを覗いたらしい。

「さっきの肉はどうせバイトに焼かせて、今回のはあのオッサンが焼いたんだろ？最初からベテランにやらせておけばいいんだよ」

私は言葉を失った。ますます怒りがこみ上げ、頭はカッとするどころか、すうっと冷めていった。

「この度は大変申し訳ありませんでした。スタッフにはよく言い聞かせ、しっかり監督して参ります……」

声が震えた。込み上げそうな涙は何とかこらえた。

何という屈辱。クレームに関しては私にも非はある。けれど、この男性客には、年上の男というだけで永倉さんは私よりもずっと信頼できるスタッフに思えたのだ。

悔しくて、悔しくてたまらなかった。お前のせいだ、と永倉さんに向かって叫びたかった。けれど、それすらも私の店長の鎧が阻む。いや、そもそも私の性格ではそこまでできない。

「ごめん」

私は心配そうに見守っていた大村さんの脇をすり抜けると、バックヤードから外へ飛び出したのだった。

ゴミ箱をはずした空き缶を拾ったのちも、私はしゃがみ込んだまま空を見上げた。

こんな日は「キッチン常夜灯」だ。

堤さんと楽しい会話をし、できれば少しだけ愚痴をこぼし、シェフの美味《おい》しい料理で心とお腹を満たしたい。そして、嫌なことなどさっさと頭から追い出してしまいたい。

ポケットの中のスマートフォンが震え、店内からの呼び出しかと思えば、曳舟のマンションの大家さんからのメッセージだった。家財保険の書類はちゃんと提出したかという確認だった。私は今夜の「常夜灯」だけを楽しみに、気合を入れて立ち上がった。

その時、バックヤードのドアが開いた。

「店長、先ほどのお客さんがお会計です！　レジ対応お願いします！」

大村さんだ。私は最後の試練のために、重い足取りでホールへと戻った。

「いらっしゃいませ！」

飛び出してきた堤さんの明るい笑顔を見た途端、思わず泣きそうになった。

「どうしたの？　みもざちゃん」

驚いた堤さんに、「何でもないです」とへらっと笑う。

ホールまでの薄暗い通路を歩きながら、「今夜はどうですか？」と訊《たず》ねると、堤さんは軽く肩をすくめてみせた。今夜はサッパリということらしい。

視界が明るくなり、目の前にカウンター席が広がった。奥には今夜も奈々子さんの姿がある。しかし、他の客はいない。終電にはまだ少し早い時間だと思い、私はカウンター席の真ん中に座った。ここはシェフの姿がよく見える特等席だ。

「あれ？」

しかし、いつもならカウンターの向かい側で何かしら仕込みをしているシェフの姿が見えない。

堤さんはおしぼりを取りに行っていて、私は何気なく奈々子さんのほうを見た。今夜も彼女の前にはスープ皿が置かれている。シェフがいることは間違いない。

「今夜は野菜のポタージュです」

私の視線に気づき、奈々子さんが教えてくれた。きっと優しい味わいのスープだろう。今夜の私の心を鎮めるにはぴったりかもしれない。いや、けれど収まりきらない攻撃的な気分は、肉料理を求めている。真剣に悩んでいると、堤さんが温かいおしぼりを持ってきてくれた。

「シェフは？」

ほのかにミントが香る、温かいおしぼりの心地よさにとろけそうになりながら訊ねた。

「いるじゃないですか」

「え？　どこですか」

堤さんは「あそこに」と厨房の奥を示した。

「あ」

厨房はカウンターに沿って細長い。いつもは遠慮をして入口に近い席に座ってばかりだから気づかなかったが、向かって右奥、つまり玄関から続く通路の裏側あたりにまで厨房は続いていて、今夜はそこにシェフの姿があった。

「あんな奥で何をしているんですか」

「あそこはブッチャーよ。生肉の仕込みをする場所なの。骨を外して切り分けたり、脂肪を取り除いたり、内臓を処理したりね」

「ああ、なるほど……」

「シリウス」のように加工された肉しか配送されない店にはないセクションだ。骨や内臓の処理も含まれるなら、確かに客の目の前ではできない作業だろう。

「本来は営業中にやる仕込みではないんだけど、ウチの営業時間は特殊だし、こんなふうにお客さんが来ない時間もあるから、シェフは上手い具合にやっちゃうのよね」

「キッチン常夜灯」は午後九時から午前七時まで営業をしている。その間、シェフや堤さんに休憩時間などなく、客の少ない時間にうまく息をついたり、仕込みに集中したりしているにちがいない。

私は少し身を乗り出して、厨房の奥を覗き込んだ。横顔しか見えないが、シェフは真剣な顔つきで銀色に輝く包丁を閃《ひらめ》かせている。

「何だかほれぼれしちゃいますね」

すっかり見とれた私は、ため息のような声を漏らした。

私の視線に気づいたのか、シェフも手を止め、こちらに向かって「いらっしゃい」と表情を緩めた。「ご注文はお決まりですか」

私はぶんぶんと頭を振った。なぜなら、もう少しシェフの姿を眺めていたかったのだ。

シェフの前にはローズピンクの大きな塊が置かれていて、シェフは右へ左へと包丁の角度を変えながら深く切り込んでいた。一分の迷いもない動きは何ともいえず美しい。

「シリウス」で成形されたハンバーグのパテや、一枚ずつ切り分けられてパッキングされたリブロースばかり見ていると、それらが本来動物だったということを意識しなくなる。

しかし、ここではブロックで仕入れた肉の骨や脂肪を外し、料理をイメージしながら切り分け、さらにお客さんに美味しく調理して提供しているのだ。料理人として生き物へのリスペクトも込めた、なんと素晴らしいことなのだろう。

永倉さんは、完全に食材をパーツとしか見ていない。だからあんなにぞんざいに扱うことができるのだ。

私はシェフにぼんやりと見とれながら、いつの間にか今日の出来事を思い出していた。

「シェフ、ずっとあそこに籠っていますね」

　不意に奈々子さんが言った。

「ずっと？　そんなに仕込みが必要なんですか」

「仔羊《こひつじ》料理の予約をいただいたの。まぁ、それにしてもちょっと量が多すぎる気もするんだけどね」

　堤さんは苦笑した。どうやら堤さんが出勤した時には、すでにきれいに仕込まれた仔羊肉がかなり冷蔵庫の中にあったそうなのだ。それなのに、今もシェフは新たな塊を切り分けている。

「いったい何時から仕込んでいたのかしらねぇ。時々あるのよ。シェフ、じっくり考えたいことがある時や心を落ち着かせたい時、ああやって無心にひたすらお肉と向き合うの」

「シェフでもそんなことがあるんですか」

　私は再び視線をシェフのほうへ移した。シェフは区切りがついたのか、仔羊肉を冷蔵庫にしまい、作業台を片づけていた。

「シェフ、仕込みはもういいんですか」

「ええ。お客様からのリクエストで仔羊のキャレを多めに仕入れたんです。あ、キャレとは背肉です。皮や脂を外し、背骨を切り離し、あばら骨の一本一本の間に包丁を入れる。その仕事に没頭する時、頭の中がとてもクリアになります」

普段は口数の少ないシェフがどこか楽しそうに説明する。きっと肉の仕込みが大好きなのだろう。

先ほどの堤さんの言葉を思い出した。確かに集中力を要する仕事ならば、雑念を追い払うのにぴったりな気がする。気になったが、シェフに訊ねるのも気が引けるし、堤さんは何事もなかったかのように奈々子さんにお茶を出している。

「どうです。せっかくなので新鮮な仔羊でも召し上がりますか」

シェフは私に顔を向けた。

「あっ、じゃあ、仔羊をお願いします！　あと、スープも」

奈々子さんのスープは、刻まれた野菜がたっぷりで何とも美味《おい》しそうだったのだ。

「今夜のスープは農夫風ポタージュです。仔羊はおまかせでよろしいですか」

「はい、お願いします」

シェフはくるりと後ろを向き、調理に取りかかった。

堤さんはそっと私に囁《ささや》いた。

「予約のお客様のリクエストが、目いっぱい仔羊料理を堪能したいっていうものなの。会社帰りにお友達とお祝いをしたいそうよ。それにしても、シェフの仕込みは多すぎだわ」

「お祝い？」

「ええ。昇進祝いですって。いつも遅くに来るお客様よ。みもざちゃんも顔を合わせたことがあると思うわ」

終電に乗り遅れたと言って入ってくる常連客には何組か心当たりがある。言葉を交わしたことはないが、よく顔を合わせるのでお互いに顔なじみになっていた。彼らはほとんどが遅くまで働いている人たちということだ。

「昇進祝いに仔羊を……。でも真夜中ですよね」

堤さんは苦笑した。

「ええ。みもざちゃんも知っていると思うけど、あの時間のお客さんってなぜかテンション高いのよね。終電に乗り遅れるくらい残業したら、普通ヘトヘトでしょう？まぁ、それくらいのバイタリティがないと遅くまで働いていられないか」

私は何人かの顔を思い浮かべた。入ってくるなり、メニューも見ずにシェフに注文を伝える人がほとんどだ。そしてよく食べ、よく飲む。

「言われてみれば、みんなテンション高めです」

「でしょう。まぁ、そんな予約はウチじゃめったにないから、シェフも張り切って当然なんだけどね。ほら、夜中の常連さん、どちらかというと居酒屋感覚でウチを使うじゃない。洒落《しゃれ》た料理を出す居酒屋」

「確かにそうですね」

私は吹き出した。そういうお客さんと必死の攻防を繰り返すシェフが面白いのだ。

「ちゃんとした食材を仕入れても、注文が入らなければもったいない。こういう予約は、シェフが腕を振るう絶好の機会でもあるの。ありがたいことなのよ」

「じゃあ、今夜の私、新鮮な仔羊が食べられてラッキーでしたね」

「そう、ラッキー」

こんがりとした香りが漂ってきて、私たちは厨房《ちゅうぼう》へ視線を向けた。

シェフは小鍋《なべ》からスープを器に移すと、オーブンで焼いたバゲットを上に載せて、私の前に運んできた。

「お待たせしました。農夫風ポタージュです」

「いただきます！」

スープには、ほぼ同じサイズに細かく刻まれた野菜がたっぷりと沈んでいた。タマネギ、ニンジン、セロリ、キャベツ、ジャガイモ、グリーンピース。それぞれの野菜の色の違いが楽しい。上に置かれたバゲットには、すりおろしたチーズがたっぷりと載せられ、上の部分は溶けて焦げ目がついていた。

私は野菜の甘い香りと、チーズの香ばしい香りを思う存分堪能した。

それからわざとバゲットを野菜の下に沈めた。カリカリもいいが、ふやけてすっかりスープを吸ったバゲットも絶対に美味しいはずだ。野菜はやわらかく煮えていて、ジャガイモさえも口の中でホクッととろけた。何という優しい味わい。

私は昼間の出来事など忘れ、スープに夢中になっていた。「常夜灯」にくると、いつも美味しい料理で頭も心もいっぱいになる。

寝不足で頭が朦朧《もうろう》としてもおかしくないはずなのに、美味しい料理でくっきりと意識も冴《さ》えわたるのだ。

スープの最後のひと匙《さじ》を口に入れた頃、再びいい香りが漂ってきた。香ばしさと肉の脂の甘い香り。きっと私の仔羊だ。

新しいお客さんが入ってきて、「いらっしゃいませ」と堤さんが通路の奥へと向かった。

シェフは両手で私の前に大きな皿を置いた。

「仔羊のロースト、ソースはバルサミコです」

仔羊など食べるのは何年ぶりだろう。「ファミリーグリル・シリウス浅草雷門通り店」の店長になってからは、毎日疲れ果てて、友人や同期と食事に出かける気力もなくなっていた。一人での外食が当たり前となった私が訪れる店で、仔羊料理など見かけたこともない。

突き出した骨のたおやかな曲線にうっとりし、ほどよく火の入った鮮やかな桃色の肉の断面にほれぼれした。

「ソースは肉に触れないよう添えています。お好みでどうぞ。せっかく新鮮なアニョーですから」

素材の味を堪能してほしいということだろう。その瞬間、たっぷりとしたソースに浸った、永倉さんの焦げたステーキが頭に浮かび、慌てて振り払う。

「お、いい匂い」

堤さんに案内されて入ってきた男性客が、さっそくカウンターに手をついて鼻をうごめかせた。

「うふふ。矢口《やぐち》さん、今夜は仔羊が入っていますよ。いかがですか?」

堤さんは彼のコートを預かりながら言った。

矢口と呼ばれた男性は、シェフを見て気さくに片手を上げた。

「よ、シェフ、久しぶり。また世話になるよ」

「もうそんな時期ですか」

「おうよ」

彼は上機嫌で、カウンターに座るとすぐに赤ワインをボトルで注文した。朝までゆっくり楽しむつもりなのかもしれない。

私は仔羊肉にナイフを入れた。ナイフを押し返すしなやかな弾力に驚く。

まずはソースをつけずに口に入れた。程よい塩気とハーブの香りが鼻に抜ける。周りの脂がカリッと香ばしく、次にじゅわあっと、肉の旨《うま》みが口いっぱいに広がった。思ったよりもラム肉独特の癖を感じないのは、やはり鮮度がいいからなのだろうか。

気づけば、涎《よだれ》を垂らさんばかりの顔で矢口さんがこちらを見ていた。

「シェフ、俺も。俺も仔羊《こひつじ》ね」

「かしこまりました」

堤さんがさりげなく寄ってきて教えてくれた。

「矢口さんはね、大の巨人ファン。今年もオープン戦が始まったのよ。試合が終わると、まずはお仲間と居酒屋で盛り上がって、その後お一人で来てくださるの。試合の余韻を終わらせたくないんですって。あの様子だと今日の試合は勝ったみたいね」

先日のイベント帰りの女の子たちといい、この場所ならではの常連客だ。

「堤さん、予約はいつですか？　この調子だと、せっかくの羊がなくなっちゃいますよ」

私は心配になった。なにせここの常連客はメニューも見ずに注文する人が大半だ。美味しそうな匂いにつられ、「私も」「私も」なんてことになりかねない。

「月曜日。大丈夫よ。今夜は土曜日だし、さほど混まないわ。それに、お肉はたっぷり仕入れているから。シェフも色々な仔羊料理を考えているみたいよ」

それは楽しみだ。今食べているローストも十分美味しいが、シェフが他にどんな仔羊料理を用意するのか見てみたい。

「それにしても、月曜日の夜にお祝いですか」

「お祝いと言っても、気心の知れたご友人と三名で予約をいただいているの。その週は毎晩どこかでお祝いするっておっしゃっていたわよ。よほど嬉《うれ》しいのでしょうね」

「元気な方ですね……」

「まぁ、よく食べる方はたいがい元気よ。気力も体力も充実するってことかしらね。食べ物は大切なのよ」

堤さんの言葉に、エナジードリンクを原動力にしている私は肩身が狭い思いがした。

「でも、そんなお祝いの席で、普段はあまり仕入れない食材に腕を振るえるんですから、シェフは張り切るはずですよね。何をそんなに考え込んでいたんでしょう」

平日の夜は、終電が近づくにつれて店が混みあう。忙しい時間に手のかかる料理を予約され、段取りにでも頭を悩ませていたのだろうか。

私が疑問を口にすると、堤さんはやんわりと微笑んだ。

「シェフはどんなに忙しくても淡々と料理するし、取り乱したりしないわ。目の前のお客さんに自分の料理を食べさせることが楽しくて仕方がないんだもの。大量の仕込みは……、そうね、常連さんの姿をずっと見てきたから、シェフなりに思うところがあったのかもしれないわね」

予約の名目は昇進祝いと言っていた。常連客ならシェフも好みを把握しているだろうし、どう喜ばせようか考え込んでいたのかもしれない。きっととびきりの仔羊料理だ。

私は決心した。月曜日も「常夜灯」に来なければ。


週初めの夜のわりに「シリウス」も忙しかったが、十時半ちょうどに店を閉め、その十五分後には大村さん、花田くんと裏口から外に出ることができた。

「段取りよくやれば、この時間に店を出られるんですね」

初々しい花田くんが言った。私も正直に言って驚いていた。

いつもラストオーダーの時点でかなりの客が残っていれば、大村さん以外のアルバイトを先に帰して、残ったスタッフで何とかしようとしてしまう。けれど、今夜は作戦を変えた。分担して早くから着々と閉店準備を進めることで、みんな同時に店を出ることができたのだ。これまでは最終的に私一人が残っていたため、深夜手当がかさんでいることも本社から指摘されている問題のひとつだった。

せっかくスタッフがいる。信頼して任せなくてはどうなるのだとようやく気がついた。何かあった時の尻《しり》ぬぐいは、永倉さんの件ですっかり度胸がついている。

実は、これも「常夜灯」で学んだことのひとつだった。

「常夜灯」は常に二人体制なのに、たとえ満席でも、いっさい慌ただしい雰囲気を感じることはない。シェフも堤さんもそんな態度を見せることはない。

シェフの料理が遅れれば、堤さんがお客さんの席に行ってきちんと状況を伝え、飲み物を勧めたり、雑談をしたりして気を紛らわす。堤さんが案内や会計で忙しければ、シェフ自ら料理を運ぶ。

お互いがお互いの動きを把握し、信頼しあっている。その様子は実に自然で、素敵だった。

お客さんにもこのスタイルがすっかり定着しているから、料理が遅いだの、スタッフが客としゃべってばかりいるだのと文句を言う人もいない。そもそも時間に余裕のない客は「常夜灯」には訪れないだろう。

「シリウス」のお客さんだって、閉店間際に一人でせわしなく店内を動き回る私を見ては、早く帰れと急《せ》かされているように感じるにちがいない。

「常夜灯」には独特の時間の流れがある。現実を忘れ、心からリラックスさせてくれる。安眠できない自分のベッドよりも温かくて居心地がいいから、私はつい通ってしまうのだ。

堤さんは私を見ると、「来たわね」という顔でニンマリ笑った。

通路を抜けて、ホールに出た瞬間、シェフと目が合った。シェフは「いらっしゃい」と言うと、すぐに視線を逸《そ》らした。何やら落ち着かなげにソワソワしている。もしかしたら、予約のお客さんが来るのを今か、今かと待ちわびているのだろうか。

カウンターの奥には奈々子さんがいて、二人掛けテーブルでは、会社帰りらしき二人の女性がチョコレートをつまみながら食後のコーヒーを飲んでいた。

店内に漂う芳醇《ほうじゅん》なコーヒーの香りに刺激され、私もたまらなくコーヒーが飲みたくなった。そこでふと気づいた。「常夜灯」でまだデザートを食べたことがない。いつも料理で満足してしまうのだ。

カウンターの中央には「予約席」と書かれたシルバーのプレートが置かれていた。

「あまり置きたくはないんだけど、小さいお店だから満席になってしまっても困るでしょう？　今夜はいつもよりも早くに来て下さるそうだし、なにせお祝いですからって、シェフがプレートを買って来たのよ」

堤さんが笑った。

普段は予約などめったにないらしい。狭い店だし、予約を受ければ常連客が入れなくなる。早い者勝ちの不文律がここにはある。一度入ってしまえば、時間をどう過ごそうがお客さんの勝手なのだ。

そこでようやく気がついた。カウンターには小さなガラスのフラワーベースが並んでいて、そのそれぞれに色違いのスイートピーが活《い》けられていた。

「ふふ、お祝いだからね。お店もちょっとおめかししたの」

「可愛いです、堤さん」

「シェフも準備万全で待ち構えているわ。みもざちゃん、今夜はいかがいたしますか？」

堤さんはおしぼりを手渡しながら私の顔を覗《のぞ》き込んだ。

さっきのシェフは、予約客の料理の準備のタイミングを推し量って、来店する客を確認したのかもしれない。

今夜の目的は、シェフがどんなお祝いメニューを用意するか見ることだ。大量に仕込んだ仔羊肉のことも気になった。

先日、美味《おい》しい仔羊《こひつじ》を食べたばかりだから、できれば少し節約したい。なにせ、私はしがない飲食店の店長だ。昇進祝いに仔羊料理をおまかせで予約する会社員とは違う。今夜はゆっくりと美味しいコーヒーを味わいたい。

でも、そんな注文でもいいだろうか。

「堤さん、私、すっごくコーヒーが飲みたいんです」

そっと後ろのテーブルを示すと、堤さんは大きく頷《うなず》いた。

「コーヒーって、つい香りにつられちゃうわよね。淹《い》れましょうか。この前、見つけた自家焙煎《ばいせん》の喫茶店の豆がなかなかいいのよ」

　ドリンク全般を担当する堤さんは、その都度コーヒー豆や紅茶、ハーブティーの専門店を回って買ってくるらしい。その買い物も彼女の楽しみのひとつだそうだ。

「あ、でも、いいの？　この時間にコーヒーなんて」

　堤さんは、私が普段から不眠気味のことを気にしてくれたようだ。

「お気になさらず。とにかくコーヒーが飲みたくて」

「今度、カフェインレスのコーヒーも探してみるわね。あ、そうだわ、みもざちゃん。今夜はリンゴのパイが焼けているわよ。サックリしたパイに、シェフ特製の焼きリンゴを載せているの。胡桃《くるみ》のアイスを添えて、食べ応《ごた》えもバッチリ。いかがですか？」

　なんという美味しそうなデザートだろう。いつでも堤さんやシェフは、私がその時に食べたいと思うものを提案してくれる。

「美味しそう……」

　思わず呟《つぶや》くと、声をひそめた堤さんが続けた。

「シェフはね、実はリンゴが大好きなの。知っている？　バスク地方ってリンゴが有名なのよ」

　そこで堤さんは両手を組み合わせ、目をキラキラと輝かせた。

「美味しいのよう、シェフの焼きリンゴ。バターとリキュールの風味がしっかり効いていてね、リンゴはトロットロ。皮ごと焼いた甘酸っぱいリンゴを、パイの上のカスタードがガッシリ受け止めているの。ほら、シードルというとブルターニュやノルマンディーを思い浮かべるけど、実はバスクのシードルも美味しいの。シェフの修業先だからね」

堤さんはまるでリンゴのパイを目の前にしたかのようにうっとりと語った。きっと堤さんもこのデザートが大好物なのだ。ここまで語られては、注文せずにはいられない。

「お願いします！」

「かしこまりました」

しばらくすると、甘酸っぱい香りが店内に漂いはじめた。期待に胸を膨らませた時、カランカランとドアベルが鳴った。続いて賑《にぎ》やかな女性の話し声。すぐさま堤さんが玄関のほうへと向かった。

「いらっしゃいませ。お待ちしておりました！」

その声に、わずかにシェフが身を竦《すく》ませた気がした。

「来ましたね」

シェフは呟きながら、私の前にリンゴのパイを置いた。皿に添えられた手がわずかに震えていた。

間違いない。シェフはかなりの心配性だ。さっきはやけにソワソワしていたし、予約のお客さんが喜んでくれるか不安なのだ。

「わぁ、美味しそう！」

私はシェフの気を紛らわそうと大袈裟《おおげさ》に反応した。いや、実際に美味しそうだった。

想像したアップルパイとは大きくかけ離れていた。皿の上には、こんがり、しっとりと焼けた焼きリンゴがそのままひとつ。わずかに焦げた果皮と、融けてカラメル状になった砂糖が香ばしい香りを放っている。くり貫《ぬ》いた芯《しん》の中にはたっぷりとバターも仕込まれているようだ。その下に、カスタードクリームで接着されるようにパイ生地の土台がある。横にはたっぷりの胡桃のアイス。わずかにシナモンの混じったリンゴの甘酸っぱい香りもして、いくつもの美味しそうな香りに私はすっかり圧倒されていた。

感激に緩みっぱなしの私の顔に、シェフの頬もわずかに緩んだ気がした。

「どうぞ、熱いうちに」

「はい！」

ナイフでリンゴからパイまでを一気に切り分けた。とろりとした果肉、まったりと濃厚そうなバニラビーンズたっぷりのカスタード。パイもサクサクだ。大きく口を開けて頬張ったとたん、片手で頬を押さえて思わず呻《うめ》いた。

「みもざさんはリアクションが大きいですね」

シェフは小さく笑った。それよりも、私の名前を憶《おぼ》えてくれていることに驚いた。

堤さんが連呼しているのだから当然かもしれないが、それでも嬉《うれ》しかった。

「あ〜、何だか甘酸っぱいいい匂い！」

聞き覚えのある声がして、堤さんに連れられて女性の三人組が入ってきた。仔羊ちゃん御一行様の到着だ。

シェフは表情を引き締めて、「いらっしゃいませ」と彼女たちを出迎えた。

「どうぞ」

堤さんが予約席のプレートを外しながらカウンター席の椅子を引くと、先ほどの女性がひときわ大きな声を上げた。

「こんばんは、シェフ。あら、千花ちゃん。可愛いお花ね。もしかして、私のため？」

「もちろん」

「ありがとう、嬉しいわ。今夜のお料理が楽しみで仕方がなかったの。こちらは大学の時のお友達。バスケのサークルで一緒だったの。この素敵なお店をぜひ教えたくてね」

声だけでもすぐにわかった。いつも終電を逃したと同じ会社の女性と二人で訪れる、テーブル席の女性客だ。私よりもずっと年上、もしかしたらシェフや堤さんよりも上かもしれない。

「それはありがとうございます。木下様《きのしたさま》にはご贔屓《ひいき》にしていただいています。賑やかで、お店が明るくなるんですよ」

シェフに代わって堤さんがにこりと笑った。仔羊ちゃんこと木下さんの連れの女性二人は興味深そうに店内を見回している。

「遅い時間に、こんな素敵なお店が開いているんですね」

「朝までやっているの。私も最初は、オーナーは吸血鬼か何かじゃないかしらなんて思ったけど、血を吸われるどころか、とっても美味しい料理とワインを出してくれるのよ」

「朝まで……？」

二人は目を丸くする。

「ふふ、こちらの二人はとっくに結婚して、いいお母さんなの。夜中に出歩いているのなんて、独身の私くらいよねぇ」

主役の木下さんは、友人たちを先に座らせると、「シェフ、もうお腹がペコペコ。私たち同じサークルで、卒業旅行は一緒にフランスに行ったのよ。彼女たちが結婚する前は、よく三人でフレンチを食べ歩いていたの。みんな仔羊肉が大好きなのよ」

木下さんは友人たちを紹介すると、厨房《ちゅうぼう》へと顔を向けた。

「今夜はどんなお料理をいただけるのかしら。ねぇ、でもさっきから甘酸っぱくていい匂いがするの。これは何？」

「リンゴのパイです。よろしければデザートに同じものをご用意しますよ」

「まぁ、素敵。そうだわ。乾杯はシードルにしましょうか。千花ちゃん、ある？」

「ご用意いたします」

堤さんが三人のグラスに金色に透き通るお酒を注ぐと、彼女たちは「乾杯！」と声を揃えた。

堤さんとシェフも一緒になってカウンターの内側で拍手をしている。

「おめでとう！　律子《りつこ》。同期の中で一番の出世頭ね」

「初の女性役員なんですって？　すごいじゃない」

友人たちから差し出されるプレゼントを笑顔で受け取りながら、彼女は感極まったように目尻《めじり》をぬぐった。

「身を粉にして働いてきたからねぇ。あなたたちが結婚した頃なんて、毎晩終電帰りだったわよ。祝福しながら、陰で泣いていたんだから。私の幸せっていったい何なんだろう〜って。相変わらず、今も終電はしょっちゅうあるわ。でもね、このお店を見つけて、シェフのお料理や千花ちゃんの気遣いにずいぶん救われたのよ。やっぱりこれが私なのよねぇ。仕事で成果が出ると何よりも嬉しい。忙しくても、やり終えた後の達成感を知っているから頑張れる。ワーカホリックな自分が嫌いじゃないの。まぁ、けっきょくは自己満足なんでしょうけどね」

「でも、その結果が今回の昇格でしょう？　しっかり認められているんじゃない」

「まぁね」

彼女たちは華やかに談笑している。

堤さんは準備していたアミューズブーシュをカウンターに並べ、シェフは次の料理に取りかかっている。

私はそっと胸のあたりを押さえた。

彼女のお祝いで店内はすっかり明るい雰囲気になっているというのに、私はなぜか苦い気持ちになっているのだ。度々感じる心の底の澱《おり》が、何かに刺激されてゆらゆらと揺れている。

木下さんは、ほとんど自分の生活を犠牲にしながら仕事に励み、それを生きがいと感じているらしい。結婚も、子供も、学生時代の友人たちが手に入れたものをおそらく木下さんは欲していない。でも、本当にそうなのだろうか。

私だったらどうだろう。二年前、店長に任じられた時。はたから見れば、それも立派な昇格なのに、私はただ貧乏くじを引いたようにしか思えなかった。店長職を嬉しいと感じたことなど、これまで一度もないのだ。

「お待たせいたしました。まずはスパイスとハーブを効かせた仔羊肉《こひつじ》のソーセージです」

シェフがカウンターに皿を置いた。

「ああ、そう言えば、最初にここで食べたのもソーセージだったなぁ。もしかして、シェフ、覚えていたの？　まさかねぇ」

「覚えていますよ」

「本当？」

彼女たちがざわめいた。

「そういえば、どうして木下さんはこの店にたどり着いたんですか？」

堤さんが訊《たず》ねた。

木下さんは目の前のソーセージをうっとりと見つめながら言った。

「終電を逃しそうで、水道橋の駅までダッシュしたのよ。でも間に合わなかった。ああ、このまま今夜は東京ドームのスパで朝までサウナかなぁなんて思ったんだけど、やっぱりお腹が空《す》いていてね。神田川《かんだがわ》の橋の上で途方に暮れていたの。夏だったから川がむっと臭ってね、最悪な気分だったなぁ。そしたらね、神保町のほうからオジサンが二人歩いてきたのよ。『ああ、今夜も帰れなかったなぁ、せっかくだから美味《うま》いもの食いに行くか』『いいな、常夜灯だな』って。美味いものって言葉にピンときたのよね。思わずオジサンの後をついて行っちゃった」

「そうだったんですか」

堤さんが目を丸くしている。

「やけくそだったんだよね。終電に乗りそびれて、開き直っちゃったの。今よりも若かったからね。そもそもあの時は、取引先とトラブルがあって、上司に責任を押しつけられたの。それで残業。ひどい話よね。最低の上司だった。自分には妻も子供もいる。でも独身の私には守るものもないだろうって考えが見え見えだった。私だって好きで独身でいるわけじゃないのよ。ただ仕事を頑張ってきたらこうなったってだけなのにね」

友人たちは真剣な顔で聞いている。

木下さんはシードルで唇を湿らせた。それからプッと吹き出した。

「それにしても、あの時のオジサンたち、こんなお店に来るんだもの、びっくりしちゃったよ。あの日の私、たいしてお金も持っていなかったし」

「それでとりあえずソーセージを頼んだというわけですか」

シェフの言葉に木下さんは頷いた。

「そう！　そのソーセージがびっくりするくらい美味《おい》しかったの。もちろんソーセージのくせにずいぶん高かったけどね」

彼女の周りが笑いに包まれた。いつもそうだ。終電後にやってくる彼女はいつも楽しい話題を披露し、同僚と一緒に笑っている。

「それからは度々足を運んでくださいましたね。とくに何かお仕事で問題がある時に。お肉料理を注文されて、ワインもたくさんお召し上がりでした」

堤さんが言うと、友人たちがどっと笑った。

「嫌なことがあったら、美味しいものを食べて酔っぱらうに限るじゃない！　それでチャラよ。くよくよしたって仕方がない。明日はまた別の日だもの。とはいえ、ここから会社に通ったことも何度かあったけどね」

「窓側のテーブル席。よくステンドグラスに凭《もた》れて寝ていらっしゃいました」

シェフの言葉に、木下さんは「嫌なことを覚えてるわね」と頰を膨らませた。

「でも、いつも木下さんは前向きでしたね」

「ここで励まされたからよ。だって、ここに来れば同じように夜中まで頑張っている人がいるんだもの。シェフや千花ちゃんなんて朝まで働いているしね。こんな時間まで私は何をやっているんだろうっていう、ずっと目を逸《そ》らしてきた心の中の疑問をちゃんと肯定してくれる人たちがいるって思えたの。だったらこれまでの自分を信じて前に進みつづけるしかないじゃない」

「それはよかった」

シェフが小さく微笑んだ。

オーブンからニンニクとハーブの香りが漂ってきた。

「そろそろです」

シェフは厨房の奥へ向かい、女性客たちは期待に瞳《ひとみ》を輝かせる。

シェフや堤さんは、仕事を引きずりながら終電にも乗り遅れて、疲れきった木下さんをずっと見つめてきたのだろう。私が知る、いつも笑ってばかりの木下さんがすべてのはずはない。辛《つら》い時期を経験し、それを乗り越える力をつけたからこそ、今の自信に満ちた木下さんがいるのかもしれない。

「お待たせいたしました。仔羊のペルシヤード、香草パン粉焼きです」

私はシェフの声に、つい顔を上げた。

木下さんの歓声が上がった。

「あっ、これ大好きなの！　懐かしいわぁ、やっぱり大きなクレームをひとつ処理した後にシェフが出してくれたのよねぇ。羊肉の焼けた脂の香ばしさと香草パン粉のサクサク感がたまらないの！」

ねぇ、食べてみて、と、友人たちの皿にも取り分けると、自分もすぐにナイフを握ってザクザクと刃を入れた。軽快な音が私にまで届き、思わずごくりと喉《のど》が鳴った。

「そうそう、このパセリとニンニクの風味がお肉の味を引き立てるのよ。シェフのお肉料理を食べると元気が出るのよね。疲れた体に美味しさが染みわたっていくの。そうすると、もっと欲が出るわけ。もっと頑張って、また美味しいお料理を食べよう。もっと、もっと頑張って、あれとこれを食べようって」

「欲張りですね」

堤さんが笑い、木下さんは「そう、欲張りなの！」と胸を張った。

幸せそうな顔で料理を食べる女性客を見て、シェフは口元をほころばせていた。

「モチベーションが上がって何よりです。その積み重ねで今日がある。これまで召し上がった仔羊を今夜は色々とご用意したんですよ」

「嬉《うれ》しいわ。でも、安心して夜中まで仕事に没頭できたのもここがあるからよ。たとえ終電を逃しても大丈夫。だって疲れ切った時こそ、このお店が私を励ましてくれるんだもの。無敵になった気分だったわ。それにね」

木下さんは友人たちに視線を送った。

「何も積み重ねは仕事だけじゃないの。大学時代のバスケットボール。私たち、いつも土壇場で負けて悔しい思いをしたわよねぇ。けっきょく一度も入賞したことなんてなくて、社会に出てからも会うたびにそんな話をしたじゃない？　あの時の悔しさとか、チームメイトとの思い出とか、そういう色々な積み重ねが今の私にはあるの。ここで羊肉を食べるたびに、そんなことを思い出したわ。真夜中ってね、不思議と自分と向き合えるのよ。だから、急にあなたたちに会いたくなったの。こんな夜遅くだけど呼び出しちゃった」

真夜中は自分と向き合える。

自分の家ではない心地よい空間で、時々客観的に自分を眺めている自分がいることに、私も気づいていた。

やっぱり今夜、ここに来てよかったと思った。

私にはまだ自分自身が手探りだ。でも、いつか木下さんのように今の自分を懐かしく思い出せるような場所まで進みたい。

カランカランとドアベルが鳴った。新しいお客さんだ。賑《にぎ》やかな話し声が聞こえる。いつもの終電後のオジサンたちだ。

「うるさいのが来たわぁ」

木下さんは通路のほうを一瞥《いちべつ》して呟《つぶや》いた。言葉とは裏腹に、顔は嬉しそうだ。

迎えに行った堤さんと一緒にやってきたのは、予想どおりすっかり見慣れた男性二人組だった。彼らのお気に入りのカウンター席が、今夜はほぼ埋まっている。

彼らは渋々と二人掛けのテーブルに座った。

「今夜は先を越されたか。おい、おたく、最近残業少ないんじゃない？　業績大丈夫？」

「おあいにく様。今日はシェフにお料理を頼んでいたから早く切り上げたの。私の昇進祝いなのよ。なんと初の女性役員」

「冗談だろ?」

「嘘ついてどうするのよ」

「あの会社も、とうとうやりやがったか。おい、ウチも真剣に女性活躍に取り組まないとまずいんじゃないか」

「次の総会の議題はそれですかねぇ」

二人の男性はヒソヒソと言葉を交わしているが、地声が大きいのですっかり筒抜けである。

「おい、千花ちゃん。俺らからのお祝い。彼女にワイン一本、抜いてやってくれ」

「かしこまりました」

「えっ、本当に? いいの? 千花ちゃん、美味しいワインがいいな」

カウンターとテーブル席のやりとりに、誰もが笑っていた。

木下さんを「常夜灯」に導いたオジサンとは彼らかもしれない。

おそらく彼女たちはお互いの名前も知らない。けれど、同じ時間にここで顔を合わせるからいつの間にか知り合いになっている。

いや、彼らだけではない。シェフや堤さん、そして奈々子さんを含めて、真夜中の時間を過ごす私たちはいつしかお互いを気にかけている。

なんだかくすぐったい喜びが心の底から湧き上がってきた。

スッと横から赤ワインのグラスを差し出され、驚いて顔を上げると堤さんがニコニコと笑っている。

「あちらのお客様から、おすそ分けですって」

もちろん示されたのは木下さんだ。やっぱりこちらを向いて微笑んでいた。

「私までいいんですか」

「あちらのオジサンからだから。せっかくだから一緒に祝ってよ」

彼女は、今度はテーブル席の男性客を示す。彼もちょっと面映《おもは》ゆそうに「まぁ、そういうわけだから」と笑っている。

「ありがとうございます。いただきます」

私はさっそくワインを口に含んだ。華やかな香りの、しっかりとした味わいだった。きっと彼女たちの仔羊《こひつじ》料理に合うワインなのだろう。

テーブル席の男性たちは、「いい匂いがするなぁ」と、木下さんたちと同じ香草パン粉焼きを注文した。彼らも今夜はビールではなく、堤さんがワインを注いでいる。

その間にもシェフは次のお料理を仕上げていた。

「仔羊フィレ肉とフォアグラのパイ包み焼きです」

「これ、私、一番好き！　初めて食べた時、思わずおかわりって言っちゃったのよね」

「仔羊モモ肉のロースト、白インゲン豆の煮込みとご一緒にどうぞ」

「ああ、これ。嫌な上司が不祥事を起こして、子会社に出向になったの。その時に食べたわぁ！　勝利の味って感じなのよ。ちょっとシェフ、本当に私が絶賛したお料理、全部出してくれるつもり？」

「お祝いですから」

シェフは静かに微笑んだ。

「ああ、今夜は最高の時間だわ。やっぱりこういう時、報われたって思うのよね。不思議な感じ。たまたまこのお店で顔見知りになった人まで私を祝ってくれている。夜中まで頑張る私をちゃんと見ていてくれたのよね」

木下さんはしみじみと呟いた。

ふと思う。

私が「シリウス」で毎日奮闘していることを堤さんとシェフは知っている。疲れ果てながらも、ここで心と体の栄養を補給し、明日も店に向かうことをわかっていて、店長という立場に対し、私がどう思っているかも理解してくれているはずだ。それは、立場が違うからこそ、私が素直に打ち明けることができたからだ。

でも。

私が一番知ってほしいのは、同じ店で働くスタッフ、そして社内の人たちではないのだろうか。二年経ってさえ、店長の責任を重く感じる私、どうあるべきか葛藤《かっとう》し、年上の社員との関係に悩む私の姿を。

仔羊料理を堪能《たんのう》した木下さんたちは、デザートまでは到達せず、コーヒーを飲んで席を立った。テーブル席の男性がさっそく野次を飛ばした。

「おや、今日は朝までじゃないのかい。いつもはテーブルでおやすみなさい、なのにな」

「今夜は連れもいるから近くにホテルを取っているのよ。千花ちゃん、お会計お願い」

それから思い出したように付け加えた。

「あっ、シェフ、今度は会社の仲間とお祝いしたいの。ええと、金曜日の遅い時間にお願い。次もお肉がいいわ。そうだ、豚がいいわね。前に作ってくれた豚足のパン粉焼き、あれ、とても美味《おい》しかったもの。あとはシャルキュトリーを盛り合わせて、メインもいくつかお願いできる？　楽しみにしているわね」

「シェフ、聞いていました？　次はコションですよ」

堤さんの声でシェフは顔を上げ、仔羊ちゃんたちに「ありがとうございました」と頭を下げた。

堤さんが彼女たちを見送りに行っている間に、シェフはカウンターのコーヒーカップを片づけた。そして、チラリと私に視線を送った。

「ワインが残っていますね」

「あ」

コーヒーとリンゴのパイを食べ終えた私に、木下さんのおめでたい話は、ワインのつまみとしては少し重かった。

しばらくして、シェフがそっと私の前に小皿を置いた。

「ロックフォールとオッソー・イラティ、どちらも羊の乳から作られるチーズです。こちらも先ほどのお客様にお出しするつもりでしたが、出しそびれてしまいました。堤もこちらに合うワインを選んだはずです」

仔羊ちゃんたちの希望は、めったにないような肉料理ばかりの組み合わせだった。チーズを挟むとしたらデザートの前だが、彼女たちはさっさとコーヒーを注文してしまったのだ。

「世界三大ブルーチーズのひとつと、羊の牧畜が盛んなピレネー山脈のあるバスク地方を代表するチーズ、お祝いの席にはふさわしいと思っていたのですけど」

「シェフ、俺にもくれよ」

テーブルの男性から声が上がった。「カウンター、空いたんならそっちに移っていいか。どうもテーブルは落ち着かねぇ」

「もちろんです。堤さん」

シェフは戻ってきた堤さんを呼んで、飲みかけのグラスとワインのボトルをカウンターへ運ばせた。

「今は容赦ねぇ世の中だなぁ。ボヤボヤしていると、すぐに若い者や女に先を越されちまう」

「あらあら、その発言、ちょっとどうかと思いますよ」

堤さんが彼のグラスにワインを注ぎ足しながら言った。「久能《くのう》さんだって、ずっとあのお客様が週に何度も終電を逃すほど忙しくされてきたことはご存じじゃないですか。その頑張りが認められたってことです。今は経験よりも実績が評価される時代ですもの」

久能と呼ばれた男性客は「違いねぇ」と笑った。

「ただし、久能さんみたいな頭の固い上司がいる会社じゃ無理かもしれませんけど」

堤さんが笑うと、久能さんは「敵《かな》わないな」と頭をかいた。

経験よりも実績が評価される。

私は堤さんの言葉を心の中で繰り返した。では、私は果たして本当に実績が評価されて店長になったのか。いや、そんなことはない。堤さんだって、心からそう思っていたら、支配人を命じられた時、嫌がったりしなかったはずだ。何かこう、もっと別の理由がある。

「あちらのお客様、飲食店の店長をされているんですよ」

急に水を向けられて驚いた。久能さんと連れの男性が私のほうに顔を向けた。

「おや、大したもんだ」

「そういや、お嬢さん、最近よく見る顔だねえ。やっぱり帰りが遅いのかい」

「ええ、店長に限らず、飲食店で働いていれば帰りはこんなものです」

もしかして堤さんは、これまでもこうやってさりげなく常連客同士の繋《つな》がりを作ってきたのかもしれない。

「う〜ん、僕は大変だと思うねぇ。だいたい男性と女性は体力も違うじゃない。僕としてはさ、か弱い女性に僕らと同じだけ働かせるのは心が痛むわけよ。だいたい千花ちゃんだって、こんな時間に働いていて、ご主人はいいの？」

お連れさんの言葉に、堤さんはにっこり微笑んだ。

「ウチは理解あるのでご心配なく。それにこんな時間に働いているといっても、昼夜が逆転しているだけで、特別なことだって思っていませんもん。きっと今は色々な考えや行動がちゃんと実現できる世の中になったってことですよ。これまでの固定観念を超えて」

「俺たち、古い人間ってことかぁ」

「あっ、老兵は退けなんていっていませんよ。いろんな意見があっていいんです」

カラカラと堤さんは笑った。

久能さんたちは、苦いものを噛《か》んだような顔をしていた。

私は気づいていた。私は彼らと何も変わらない。

私が固定観念に縛られているから自分の立場が苦しかったのだ。

どうして私がこんなことをしなければならないのか。

店長を押しつけられたことで、被害者になった気分になっていた。

堤さんは支配人を押しつけられて大好きなレストランを辞めたが、ここでは同じような仕事を生き生きと楽しそうにやっている。

「お、このチーズ、うまいねぇ。千花ちゃんのワインによく合うよ」

「良かった。シェフからチーズのことを聞いていたので、もともと合うワインを用意していたんです」

「ところで、シェフはどう思う。シェフだって千花ちゃんを朝まで働かせているんだからさぁ」

洗い物をしていたシェフは、顔を上げた。

堤さんは興味深そうにシェフを見つめている。

「彼女は私にとって常に同志ですから、女性とかスタッフとか考えたことはありません」

「優等生的な答えだなぁ。つまらねぇや。これで千花ちゃんとシェフが夫婦ってんなら納得できるけど、そうじゃねぇもんなぁ。だからってあんまり千花ちゃんをこき使うなよ」

「使いませんよ。お互いにやりたいことをしているだけですから。つまり、そういうことだと思います。性別なんて関係ない。やりたいことを、自分のできる限り思う存分やればいいんです。人生は一度きりですから」

堤さんはやんわりと微笑んだ。

「そうなんです。私とシェフは同志なんです」

「性別も関係ないか……」

シェフは手を止めて、久能さんの前に立った。

「私も実はよくわからないんです。なにせ昭和生まれですから、今とは価値観が違う。でも、同じ世代でも、先ほどのお客様のように、堂々と自分の求める生き方を貫く方がいらっしゃる。正直、眩《まぶ》しいんです。あのお客様がここにいらっしゃるようになった頃、私はどうして彼女が、真夜中まで必死に働いているのか理解できませんでした。いつもボロボロでしたからね。力のつく料理を食べてもらいたいと、肉料理ばかりを勧めたりもしました。体をこわしたら大変だと思ったんです。それこそ女性は、一度でも職場を離れたら復帰するのも難しいのではないかと思いましたから」

シェフはそっと目を伏せた。

久能さんたちは話を促すようにシェフを見つめていた。

「私の母親がそうだったんです。幼い私を残して、毎日、真夜中まで働いていました。私はいつも一人で寂しかった。家庭を顧みずに働くのは男の仕事だと思っていたんです。友達の家はみんなそうでしたから。でも、私には父親がいなかった。母親は私のために必死に働いているのだとずっと思っていました」

久能さんは堤さんを呼んでグラスを持ってこさせると、自分でワインを注いでシェフの前に置いた。

「聞きてぇなぁ。シェフの子供時代の話」

「困りましたね」

シェフは苦笑した。

「あまり面白い話じゃありませんよ。ワインがまずくなるかもしれない」

「そんなこたねぇよ。どんな商談だって、まとまるのは相手と腹を割って話せた時さ。いつも美味《うま》い料理を食わせてもらって、シェフの心意気はよくわかっているつもりだけどよ、もうちっとそれに説得力が欲しいな」

私は思わず立ち上がっていた。

「シェフ、私も聞きたいです！」

久能さんの連れがにこりと笑った。

「シェフ、彼女もおっしゃっていますよ。どうやらそのことと、今、こうしてシェフをされていることは繋がりがあるのではないですか。僕の思い過ごしでしょうか」

シェフはため息をついた。

「立派な役職にある方々は、鋭いから困ります。……私の父親は早くに亡くなり、母親が家業の金物屋の社長を継いだんです。地方都市で金属食器を作る小さな会社でした。でも母親が次々とアイディアを出して、デザイン性のある洋食器が大ヒットしたんです。今ではデザイン性と品質の良さで世界でも名の知れた金属食器メーカーです」

「何だよ、シェフは御曹司かよ」

「そんなものじゃありません。もとは伝統工芸品から始まった小さな会社です。母が大きくしたんですよ。父が亡くなり、母も必死だったんでしょう。会社と私を守るはずが、いつの間にか仕事そのものに没頭していた。今ならわかるんです。何もかも忘れるほど夢中になるものが母親には必要だったのだと」

シェフは口元を歪《ゆが》めた。

「母は私を顧みず、ただ仕事に没頭しました。経済的な安定を子供への愛情に変えようとしたのかもしれません。でも、死別の悲しみを乗り越えるためには、やっぱり何かに打ち込む必要があったのでしょう。私から見ても仲のいい夫婦でしたからね。まずは東京、次は海外へと商談の相手は次々に広がっていきました。その頃の地方では、友達の母親はたいてい家にいましたから、私はやっぱり寂しかった。毎晩母親はいつ帰ってくるのだろうと待っていました。料理を覚えたのもそのせいです。私が作った味噌汁《みそしる》を、夜中に帰って来た母親が美味《おい》しいって喜んでくれたことがあったんです。嬉《うれ》しかった。母親の笑顔が見たくて、私はいつ帰ってくるかもわからない母親を待って、毎日夜中まで起きていました。母親の関心を引きたかったんです」

私は、先日、無心に仔羊《こひつじ》肉を捌《さば》いていたシェフの姿を思い出していた。きっとシェフも気づいたのだ。

母親は自分の仕事が好きで、夢中になっていたのだと。息子や会社のためだけではない。自分が活躍できる場所があることを知り、ますます仕事にのめり込んでいったのだ。しかし、どんなに忙しくても子供の存在を忘れるはずはない。仕事と息子、その両方で母親に葛藤《かっとう》がなかったはずがないとシェフは後になって気づいたのだ。

「忙しい母親を案じて作った料理か。それが原点にあるなら、シェフの料理が沁《し》みるのも納得だな。子供の頃から相手を思う料理ってのが身についているんだ」

久能さんがポツリと漏らす。

「それが、真夜中にお店を開くことになった原点ですか。真夜中に一人で心細い思いをしている、子供の頃の自分のような人のために。そして、お母さんのように夜中まで仕事をしている人たちが帰りつく場所を作るために」

連れの男性が納得したように頷《うなず》いている。

「食事を作っても、真夜中に疲れ切って帰宅した母親は食べずに寝てしまうことがほとんどで、私はがっかりしました。出張で家を空けることも多かった。私は一人で過ごす夜の長さを知っています。私は居場所を作りたかった。安心して朝を迎えられる場所を」

幼いシェフが、暗い部屋で母親を待つ様子を思い浮かべると胸が締めつけられた。

不意に私も子供の頃の記憶が蘇《よみがえ》った。

小さな中華食堂。私は店の隅っこで父親が作った餃子《ギョーザ》や野菜炒《いた》めを食べ、二階の自宅へ上がって、夜中まで両親の帰りを待っていた。

階下からは常に人の気配がしたけれどやっぱり孤独で、何かの拍子にどっと階下で笑い声が上がるたび、ますます寂しくて泣きそうになった。家族で一緒に食卓を囲む友人たちが羨《うらや》ましかった。

今なお、勤務先で仲良く食事をする家族連れを見るたびに少し苦い気持ちになるのは、その時の記憶が心に刻まれているからにちがいない。

シェフは続けた。

「今は素晴らしいと思えるんです。女性も男性も関係なく、自分の意思でしっかり世に出ていく人が。子供の頃は寂しかったですけど、母親のおかげで、私も早くから自分の道を決めることができました。東京へ出て、料理の道へ進んだ。フランスへ渡ることも怖いと思わなかった」

シェフは晴れ晴れとした顔をしていた。

何やら、私も体の底から不思議な力が湧いてきた。

ようやく私も理解できたのかもしれない。

店長になったからといって、それで終わりではない。私はまだまだ駆け出しの店長なのだ。だから、もっと成長しなくてはならない。そのために、自分の意識を変えていく。この仕事を楽しめるように。

「シェフ、オフクロさんの食器メーカー、なんていう会社？」

久能さんに訊《き》かれ、シェフは口角をわずかに上げた。私はふと自分の手元にあるカトラリーに視線を落とした。同じように久能さんの連れもフォークを握って、まじまじと眺めていた。

「まさか、ここですか。いや、最初に来た時から、ずいぶんいいカトラリーを揃えていると思ったんです」

「うふふ、シェフってマザコンよねぇ」

堤さんが笑った。

私はチーズに手を伸ばし、ワインを口に含んだ。自分の意思でしっかり前へ進みつづける女性のために、シェフが選んだチーズの味わいが口の中で大きく広がっていく。まだまだだ。たくさんのものをぎゅっと凝縮して、強い店長になろう。いつか、鎧《よろい》などがなくても立派に「店長です」と言えるように。

「少し話しすぎました」

シェフは恥ずかしそうに厨房《ちゅうぼう》の奥に戻り、先ほど洗った食器を片づけはじめる。見れば、久能さんが差し出したワインは少しも減っていなかった。

夜は静かに更けていき、始発電車が動きはじめる前に、久能さんたちは席を立った。

奈々子さんはカウンターに突っ伏して眠っていた。

私はゆっくりとワインを最後の一滴まで味わった。

「みもざちゃん、こんな時間までよかったの？」

久能さんたちの席を片づけながら堤さんが訊《たず》ねた。「まだ眠れないの？」

「眠るよりも大切なことを経験できました。それに、今日はお休みです」

「じゃあ、ゆっくりしていきなさいな。朝はシェフのスペシャリテがあるわよ」

「え？」

そういえば、だいぶ前からシェフは大きな寸胴鍋《ずんどうなべ》の前に立っていた。

その背中を眺めている間に、不意に眠気に襲われた。こんなところで眠くなるなんてまさかと思ったが、気分よくワインを飲んだせいかもしれない。

奈々子さんも肩を上下させてすうすうと眠っている。そうか、ここはこんなにも安心できる場所なのだ。


目が覚めた。どれくらい眠ったのかわからない。カウンターの奥を見れば、奈々子さんはまだ眠っていた。

ふわりと懐かしい匂いが鼻をかすめ、私は一気に覚醒《かくせい》した。

この匂い。しかし、なぜ「キッチン常夜灯」で？

「おはよう。みもざちゃん。良く寝ていたわよ」

カウンターの中で堤さんが微笑んでいた。それよりも、その横にいるシェフだ。大きな手で力強くおにぎりを握っている。先ほど感じた匂いは、お米の炊けた匂いだったのだ。そして、しっかりと出汁《だし》を取った味噌汁の香り。

「えっ、どういうことですか。私、夢を見ているのかな？」

「夢ではありません」

その時、カランカランとドアベルが鳴った。

「来たわね」と言うと、堤さんは「いらっしゃいませ」と玄関へと駆け出していく。

スマホで時間を確認すると、まだ五時を過ぎたところだった。ぐっすり眠ったと思ったが、一時間程度しか経っていない。

通路から足音が近づいてくる。

「おっ、いい香り。この匂いで目が覚めるんだよ。おはようさん、シェフ」

「おはようございます」

入ってきたのは高齢の男性だ。迷いもなくカウンターの真ん中に座ると、シェフは、すっと大きなお椀《わん》に入った味噌汁と、握りたてのおにぎりが載った皿を置いた。

続いてまたカランカラン。

「おはよう、シェフ、千花ちゃん。今朝は冷え込んでいるわよ～」

「早く温かいお味噌汁、飲みたいわぁ。ねぇ、今日の具材は何？」

次々とお客さんが入ってきて、店内は一気に満席となった。今では堤さんもカウンターの中でシェフを手伝って、味噌汁をお椀によそっている。

最後にテーブルに座ったおじいさんたちにお椀とおにぎりを運ぶと、堤さんは私の横に来て囁《ささや》いた。

「驚いたでしょう。このお店、実は明け方が一番賑《にぎ》やかなの。始発でこのあたりに通ってくるお客さんたちよ。ビル清掃の方が多いみたい。朝早いのに、皆さんとっても元気なの。まだ外は真っ暗だっていうのにねぇ」

確かに真冬の五時ならまだ日は昇らない。それなのに、「常夜灯」は活気に溢《あふ》れている。

すぐ横で大きな声が上がった。

「うまい！　朝はシェフの味噌汁《みそしる》が一番。これがなきゃ始まらないよ。握り飯も塩加減が最高なんだよ」

さっきまで久能さんがいた席に座った小柄な老人が目を細めて味噌汁をすすっていた。テーブルでは毛糸の帽子をすっぽりかぶった、やはり年配の女性二人組が両手で大切そうにお椀を包み持っている。

「ああ～、温まる。冬の朝一番はきついからねぇ」

「そうそう、始発を待つ駅のホームの寒いこと！　この店はまるで天国だよ」

おにぎりを頬張り、ほっこりとした老人たちの顔を眺めるシェフの顔も優しげに見えた。ふと私の視線に気づき、にこっと笑った。

「みもざさんもお味噌汁、いかがですか。今朝はカボチャと油揚げです」

「いただきます」

「みもざちゃん、おにぎりも食べるわよね。シェフの結び加減がいいのよ。何せ、お米はシェフの故郷、米どころ新潟のブランド米。お塩はミネラル豊富でまろやかなゲランドの天日塩。毎日でも飽きないって評判なんだから」

「日本人ですからね」

炊き立てのご飯から立ち上る湯気で、眼鏡を曇らせながらシェフが言う。美味《おい》しそうな匂いに刺激され、私のお腹も小さく鳴った。考えてみれば、昨夜はデザートとコーヒー、ワインとチーズしかお腹に入れていない。

目の前に置かれた大きなお椀からは優しい湯気がほっこりと立ち上り、ひと口飲んでみると、くっきりとした出汁の中に煮溶けたカボチャの甘みが加わって、じんわりと胃《い》の腑《ふ》に沁《し》み渡る。

そしてシェフのおにぎりだ。もっちりとした炊き立てのお米の甘さを、まろやかなお塩がさらに引き立てて嚙《か》むほどに甘みが増していく。

「美味しい……」

思わず声を漏らすと、シェフが頷《うなず》いた。

「一日の始まりですから」

シェフや堤さんにとっては、間もなく営業終了、一日の終わりの時間だ。けれど、ここにいるお客さんたちにとっては始まりの時間でもある。

こうして一日は続いていく。

「キッチン常夜灯」は深夜も早朝も、都会の一角で行き場のない人々の明確な行き先として、日々の活力を与え続けている。

子供の頃、母親の帰りを待ちながら眠れぬ夜を過ごしたシェフは、身につけた料理の腕でこんなにも多くのお客さんを喜ばせているのだ。

そんな強い思いが私にあるだろうか。

今の仕事に、これまでの何かが生かされているだろうか。

「常夜灯」のカトラリー、そして故郷のお米を使った朝のスペシャリテ。ここには、シェフの思いのたけが詰まっている。

ふっと、父親が作ってくれた料理を思い出した。営業の傍らでも、けっして愛情がなかったとは思わない。あれはまぎれもなく私のために作ってくれた父親の料理だった。そんな父親も、お客さんを喜ばせたいから中華食堂を営んでいたにちがいない。

青臭い、実に青臭いそんな気持ちで十分だ。お客さんの笑顔のために、私は「シリウス」でしっかりとお客さんの顔を見てサービスしたい。

「ご馳走《ちそう》さん。今日もいっちょ頑張るか」

「ご馳走様、シェフ。行ってきます」

食べ終えた人から次々に席を立ちはじめる。これから仕事となれば、長居をする人は一人もいない。

「いってらっしゃい」とシェフが微笑む。

お客さんの顔の見えない、「ファミリーグリル・シリウス」のキッチン。

キッチンの主のように、絶対にホールに出ない永倉さんも、お客さんの顔を見れば少しは考えを変えてくれるだろうか。

料理が来ずに待ちくたびれた顔、美味しいと喜んでいる顔、家族で料理を囲む楽しそうな笑顔。それらを永倉さんにも見てほしい。

明日は永倉さんと話してみよう。もっと私たちの店で、お客さんが居心地よく過ごしてもらえるように。

私は温かなシェフの味噌汁を、大切に、大切に味わった。

第四話　師弟の絆　バスク風パテ

三月の最初の月曜日、私は「ファミリーグリル・シリウス」の店長として一大決心をした。

永倉さんとしっかり向き合うのだ。

まずは話がしたい。しかし、そうとわかればのらりくらりと逃げられるのは目に見えている。だからいつもよりも早く出勤して、待ち構えることにした。

永倉さんは勤務態度は不真面目だが、時間だけはきっちり守る。おそらく奥さんがしっかりした人なのだと思う。絶対に遅刻はせず、余裕をもって出勤し、自分の仕事がしやすいようにキッチンの環境を整える。ただし整えるのは自分のポジションの範囲だけだ。

その朝、普段よりもずっと早くに倉庫の一階に下りて来た私を見て、金田さんは腰を抜かさんばかりに驚いた。金田さんは私よりも一時間以上も早くに出勤するので、顔を合わせることはめったにない。

「どうしたの、こんなに早く」

金田さんがこれほど驚いたのは、いるはずのない私がいただけでなく、ほとんど眠っていないためにひどい顔をしていたせいもあるだろう。昨夜は、永倉さんにどう私の考えを伝えようかと悩み、いつもの不眠に加えてますます頭が冴《さ》えてしまった。

「店長として、どうしてもやらなくてはいけないことがあるんです」

「えっ、浅草店、何か不具合でもあった？　僕も一緒に行こうか？」

設備部の金田さんは、厨房《ちゅうぼう》機器や通信設備に何かトラブルがあると思ったらしい。

そんな優しさにますます励まされた。

「いいえ、設備に不具合はないんですけど、私が自分で直さなくてはいけない不具合があるんです」

「そうなの？」

「そうなんです。ただし、上手《うま》くいかなかったら、今度『常夜灯』のご飯に付き合ってください」

「よくわからないけど、とりあえず了解。頑張っておいで」

その前に、と金田さんは通勤バッグをゴソゴソと漁《あさ》った。

「どうせいつも朝ごはんも食べていないでしょう。これ、飲んでから行きなよ。くたびれた顔しているから」

手渡されたのは、フリーズドライの即席味噌汁《みそしる》だった。たいてい金田さんはお弁当を持っていく。今日のお昼のお供だったに違いない。

「ありがとうございます」

金田さんは「行ってきます」と手を振って倉庫を出ていった。

「いってらっしゃい」と見送りながら、私の胸はじわりと温かかった。

今年早々に起きたマンション火災は悲劇以外の何物でもなかったけれど、あれ以来、私の生活は変わった。一人暮らしの時よりも多くの人と関わるようになり、励まされてばかりだ。

優しさや思いやりは人から人へと流れ込んでいくらしい。それを「キッチン常夜灯」が教えてくれた。ならば、私もそうしたい。私の職場はほぼファミレスだけど、人を料理でもてなす空間だということは「キッチン常夜灯」と何も変わらない。

私はお湯を沸かして、インスタントの味噌汁をありがたくいただいた。具材は揚げ茄子《なす》。金田さんがくれた勇気をゆっくりと体に取り込み、いつもよりも混雑する電車で浅草へと向かった。

普段、永倉さんが何時頃出勤するのか私は正確にはわからない。バイトたちもシフトの時間ギリギリだから、誰も知らないと言う。しかし、残業が細かくチェックされる現在、どれだけ早く出勤しても実際にタイムカードに打刻される時間は、シフトどおりの勤務開始時間と同じでなくてはならない。

ならばどんなに早くても三十分前だろうと踏んで、私は店に到着した。駐車場の自動販売機で温かい缶コーヒーを二本買い、キッチンで永倉さんを待ち構えた。

私と永倉さんが顔を合わせるのは週に四日間。火曜日は私が休みを取るし、だいたい水、木で永倉さんは連休を希望する。

裏口のドアが開いた。いつも自分で鍵《かぎ》を開ける永倉さんは、先に誰かが鍵を開けたことに驚いているだろう。といっても、彼の他に鍵を持っているのは社員の私しかいない。

迎えに行くのもおかしいので、私はデシャップ台にもたれて永倉さんが来るのを待った。

待ち続けた。

しかし、いつまで経っても永倉さんは来ない。

私がいつもしているように、おそらく永倉さんもバックヤードの鍵を開けたら、制服に着替えるよりも先にキッチンの電気をつけて、セキュリティを解除するはずである。おかしい。もしや、裏口を開けたのは永倉さんではなく、金庫の売上金でも狙った第三者だろうか。急に恐ろしくなった。

金庫は事務室だ。しかし、金庫は持ち運べる重量ではないし、ダイヤル式の鍵がかかっている。私は恐る恐るデシャップ台から離れ、裏口と事務室へ続く短い通路を覗《のぞ》こうとした。その時だ。

「うわぁ」

怯《おび》えたような声がした。驚いたのはこっちも同じだ。私も思わず声を上げて、デシャップ台へと後ずさった。それから勇気を出してもう一度通路を覗く。私は店長、自分に何度も言い聞かせる。いざとなればセコムがある。

もう一度私が通路の様子を窺《うかが》おうとした時だ。通路からデッキブラシの先がにゅっと突き出された。

「は?」

思わず拍子抜けした声が漏れた。そりゃそうだ。極限まで緊張が高まっていた時に突然のデッキブラシだ。

「……もしかして永倉さん?」

「な、南雲か?」

お互いにぽかんとした顔での対面となった。

私も無意識にフライパンを握り締めていて、数秒の間の後、二人とも大爆笑となった。

「どうしたんだよ、南雲。お前、いつもギリギリだろ。妙なことして驚かすなよ」

「こっちこそ驚きましたよ。っていうか、永倉さんって意外と小心者ですか？」

「うるせぇ。誰だって普段は無人の店に先に誰かが来ていたら警戒するだろうが」

私はハッとした。口が悪く、一見怖い印象の永倉さんだが、実は単に臆病《おくびょう》なだけではないのか。勤務態度の悪さは別物だが、そう考えると納得できる点はいくつもあった。

早く出勤して、自分の周りの準備を入念に整えるのは、たとえ忙しくても不足するものがないようにするため。

私が休みの日にバックヤードから指示を飛ばすのは、クレームなどが起きてお客さんに怒られるのを恐れているため。

そもそも絶対にホールへ出ないのは、レジに自信がないのと、慣れない仕事をして失敗をするのが怖いからだ。

だから、十歳も年下の私の後ろに隠れている。そのくせ私が女性だからか威張っているフリをする。これでは強がって虚勢を張る小学生の悪ガキだ。

「……何だよ」

おそらく、私の顔はにやけていたのだろう。

私は永倉さんに缶コーヒーを手渡すと、凭《もた》れていたデシャップ台から身を起こして姿勢を正した。永倉さんは私に向き合う形でガスコンロに寄り掛かっている。

「今朝はお話があって早く来ました」

居住まいを正した私に、永倉さんが緊張したのがわかった。

だいぶ時間をロスしてしまい、早番のパートさんが来るまであと十分もない。

「永倉さん。お願いがあります。ホールに出て下さい。代わりに私もキッチンに入ります。社員として、私たちはもっと協力すべきだと思うんです。だから、どちらかに依存するのはよくありません」

「俺には任せておけないってことか」

「そうではありません。私も店長として、もっとキッチンの業務も習得したいんです。食材の在庫管理も今まで任せきりでした。正直、浅草店の適正使用量を把握しきれていない部分もあります。廃棄量や原価率が高いのも、きっと私の把握ミスが原因です。申し訳ありませんでした」

私が先に頭を下げたせいか、永倉さんは言葉に詰まったように黙り込んだ。

「そして、永倉さんにも、もっとお客さんの顔を見てほしいんです。ママとパパとの外食が嬉《うれ》しくてたまらない小さなお子さん、SNSに料理写真をアップする若いお客さん、美味《おい》しいと喜んでいる顔、何か不満があって眉《まゆ》を寄せている顔、色々なお客さんに接して、もっと感じ取ってほしいんです。永倉さんだって奥様もお子さんもいらっしゃるでしょう？　ご家族に食べさせる料理と同じ気持ちでお客様にも提供してほしいんです」

永倉さんは黙っている。

本人に聞いたわけではないが、彼は結婚が遅く、年齢の割に子供はまだ小さいはずだ。社内では重要な連絡よりも、社員の悪評やどうでもいい情報ばかりがどこからか耳に入ってくる。

「焦げたお肉をお子さんに出せますか？　生焼けのお肉をお母様やお父様に食べさせられますか？　同じなんです。お客さんだって誰かの大切な方なんです。きっとホールに出てお客さんと接するようになれば、自然とそう思えるようになります。永倉さんが料理を出す相手は、ホールのスタッフではありません。ガス台やオーブンと向き合っているだけでは、それを忘れてしまいます。お願いします、私、このお店をもっとお客さんに喜んでもらえるお店にしたいんです」

私は深く頭を下げた。下げすぎて開けた缶コーヒーをこぼしてしまい、慌ててかがみ込んで床を拭《ふ》いた。

「……参ったなぁ」

頭の上から声がした。「子供とか言われたら、もうどうしようもねぇわ」

私は顔を上げた。

「俺の娘、食品アレルギーが色々とあって、外食なんてほとんどできない。家でカミさんが神経質に毎日料理作っているよ。ちょっとさ、楽しそうに食事をする家族を見るのがしんどかったんだよな。俺は料理の仕事についているってのにな」

「そうだったんですか」

突然の告白に、気力が萎《な》えかける。

「ホールに出ないのは別問題ですけど、そんな事情があったとは知りませんでした」

しかし、永倉さんはうなだれていた。

「でも、南雲の言うとおりだ。俺の料理はとてもカミさんにも娘にも出せない料理だ」

「……永倉さん、一日のうち、数時間でもホールに出るのは難しいですか。やっぱりホールの空気感を永倉さんにも共有してほしいんです。私たちの店が、料理が、お客さんを喜ばせているっていうやりがいを一緒に感じてほしいんです。そうだ、何なら、アレルギー対応メニューを本社に考えてもらいましょうよ。今、アレルギーのあるお子さんってかなり多いんです。メニューブックに表示するだけじゃなく、主要アレルギー品目を避けた、安心して食べられるお子様メニューを考えてもらえばいいんですよ」

「はあ？」

永倉さんがバカにしたような声を出した。

「だって、本社にはメニュー開発の部署があるんですもん。『デミグラスソースが美味しくなりました！』なんて、どこがどう変わったのかわからないような改良をしているより、そっちのほうがよほど有意義ですよ。今度の店長会議で提案してきます。きっと他の店舗でも同じように考えているに違いありません。ほら、お子様が多いショッピングセンター内にある店舗なんかでは」

「かもな……。って、おい」

「せっかく店長になったんですから。たまにはこっちから本社にも無理難題を押しつけてやります」

永倉さんはぽかんとしている。

「永倉さんだって社員なら、以前はホールもちゃんとこなしていたはずですよね。だからきっと大丈夫です。まぁ、情けない話ですけど、男性社員がいるだけでホッとするお客さんがいるのも確かなんですよ。これからは、私も見くびられないようにしないといけないんですけど……」

永倉さんは茫然《ぼうぜん》とした声で言った。

「南雲、お前、何だか変わったな。そういや、火事に遭ったんだったか。大変だったな」

　今さらかよと思ったけれど、私もたいして永倉さんのことを知っているわけではない。

「大変だったろうに、やけに前向きだ。……もしかして、とうとう彼氏でもできたのか？」

　真顔で訊《き》かれ、吹きだしてしまった。

「こんな毎日でできると思いますか？　相変わらずですよ。でも、火事がきっかけになったのは確かです。だって自分で何とかしない限り、どうにもならないんですもん」

　寝床の確保も、火災保険などその後の処理も。

　それに、大切な人というより、大切な場所ができた。

　金田さんがいる倉庫、そして「キッチン常夜灯」だ。それらに出会えたから、私は変われたのかもしれない。

「まぁ、いいか。俺も頼りない店長より、若くてもしっかりした店長がいいからな。でないと、いざって時に男ってだけで勝手に頼りにされちまう」

「それより、勤続年数では私よりずっとベテランなんですから、もっと頼らせてくださいよ」

　永倉さんはバツが悪そうに横を向いた。態度は素直でないが、反応はわかりやすい。

一方的にやらせようとするから、反発が起こる。

私は店長だが、相手は先輩であり、関係は微妙だが、社員という立場は同じだ。だから、私もこれまで永倉さんがやっていたポジションをしっかり経験する。代わりに、永倉さんもホールに出る。

お互いすでに経験している仕事だから、特に問題が起こることもないだろう。私はほっとして、その日の仕事に取り掛かった。とりあえず今日は私がキッチンの立ち上げをし、永倉さんがホールの立ち上げをした。私たちに特に問題はなく、ただ、時間どおりに出勤してきたパートさんたちはぎょっとしていた。


翌日、休日だった私は、金田さんの帰宅を待って一階へ下りた。

午後九時。いつもよりも遅い時間だ。どこかの店舗で問題でも起きて、駆り出されていたのだろうか。

一日中弱い雨が降り続いていて、金田さんのコートも鞄《かばん》もしっとりと湿っていた。私は洗面所に走ってタオルを取ってくると、金田さんに手渡した。

「ありがとう。みもざちゃん。今日は一日倉庫にいたの？」

「はい。この天気ですし、ずっとゴロゴロしていました。寝溜《ねだ》めっていうやつです」

慢性的な不眠では、昼間に急に眠気が襲ってくると聞くが、私の場合、店ではいつも気を張りつめているから眠くなることはない。というよりも、その延長で帰宅しても張りつめた気が緩むことなく、布団に入っても眠れない。そのせいか、休みの日にどっと反動に襲われる。仕事のない日、店長の鎧《よろい》はどこかに脱ぎ捨てられていて、支えを失った私はふにゃふにゃとベッドに埋もれている。

「ちゃんとご飯は食べた？」

まるで母親のようなことを金田さんは言う。

「ええと、実はこれから『常夜灯』に行こうと思っているんです。よかったらご一緒しませんか。金田さんも夕食はまだですよね」

「ごめん。実は総務の涌井さんと少しばかり飲んできたんだ。今からは、僕はちょっと」

「……そうでしたか。じゃあ、また今度ご一緒しましょう」

残念だった。城崎シェフの料理をぜひ金田さんと食べたいのに、普段は私が帰る頃には金田さんは眠っているし、たとえ私の休日でも午後九時に開店する「常夜灯」では、金田さんの夕食には遅すぎる。

「あっ、昨日の朝のことだけど、もしかして上手《うま》くいかなかったの？　ほら、その場合、付き合ってほしいって言っていたじゃない。やっぱり一緒に行こうか？」

金田さんが心配そうに私の顔を覗《のぞ》き込んだ。

「いえ、違うんです。おかげ様で首尾よく行って、祝杯を上げたい気分なんです。だからお誘いしたんですよ。上手くいったのは、お味噌汁《みそしる》のおかげです。それに、知っていますか。『キッチン常夜灯』、あそこ、朝になると、炊き立てご飯の塩むすびとお味噌汁を出すんです。シェフ、真夜中に寸胴鍋《ずんどうなべ》いっぱいに出汁《だし》をとるんですよ。早朝から働く人たちがそれを楽しみに集まってきて驚きました」

「えっ、あのお店朝までやっているの？」

「そうなんです」

「みもざちゃん、朝までいたの？」

「実は、一度だけ」

「みもざちゃん！」

何やら金田さんが心配してついてきそうな雰囲気になってしまい、私は「大丈夫です。いつもより早い時間ですから、食事をしたらすぐに帰ってきますから！」と、玄関の傘を握りしめて倉庫を飛び出した。

ポケットのスマホで時間を確認すると午後九時半だった。

周りのビルやマンションには、私が普段帰宅する時よりもずっと明かりが灯《とも》っているが、冷たい雨のせいか、人通りはほとんどない。時折すれ違う人も身を縮めて足早に通り過ぎていく。

いつもより早い「常夜灯」で、どんなお客さんに会えるかとそれも楽しみのひとつだったが、この天気では閑古鳥が鳴いているかもしれない。でも、それなら遠慮なくカウンターの真ん中に座ることができる。

濡《ぬ》れた路面に明かりを滲《にじ》ませる見慣れた看板を横目に、ひやりと冷えた木製の扉を開いた。玄関の傘立てには濡れた傘が二本。どうやらちゃんとお客さんはいるらしい。

ドアベルの音に続き、「いらっしゃいませ」と堤さんのよく通る声が響いた。

「あら、みもざちゃん。今夜は早いのね」

「はい。お休みだったんです」

「お休みの日まで来てくれたの？　こんな雨降りよ。ゆっくり休んでいればいいのに」

そこで堤さんははっとした顔をした。

「……温かい蜂蜜《はちみつ》入りのワインでも作りましょうか。のんびりしていくといいわ」

「ありがとうございます」

私の不眠を知っている堤さんは、気持ちを鎮めるハーブティーや、カフェインレスのコーヒーなど、色々と気を遣ってくれている。以前、作ってくれた蜂蜜入りのホットワインがとても美味《お い》しくて、その夜は眠れそうだと話したのを覚えていてくれたのだ。

並んで薄暗い通路を歩き、視界の先のホールの明かりを目指す。

「いらっしゃいませ」

カウンターの中のシェフに迎えられ、私は「こんばんは」と微笑んだ。

オープンしてさほど時間が経っていないせいか、店内はひっそりとしていて、厨房《ちゅうぼう》からは煮炊きするやわらかな蒸気が漂っている。

店内には二人の先客がいた。いつもの場所に奈々子さん、そしてカウンターの中央に見慣れないグレイヘアの男性。仕方なくカウンターの端に座ろうとすると、その男性が顔を上げて「こんばんは」と微笑んだ。

「こ、こんばんは」

慌てて私も頭を下げる。いつの間にか常連客と会話を交わすことはあっても、こんなふうに初対面でいきなり挨拶《あいさつ》をされたのは初めてだった。彼はこの時間の常連客だろうか。

私の父親よりもさらに年上のようだが、髪にはきれいに櫛《くし》が通り、上質そうなセーターを着ていた。

「よろしければ、こちらにいかがですか」

彼は横の席をトントンと叩《たた》いた。

男性客は、素直に隣に座った私ににっこりと微笑んだ。目の周りに無数の皺《しわ》が寄り、何とも優しい顔になった。

「話し相手が欲しかったんです」

「みもざさん、無理しなくてもいいんですよ」

心配そうに声をかけた城崎シェフを、横の男性は「うるせぇ」と睨《にら》みつけた。シェフは顔をこわばらせ、すぐに諦《あきら》めたように手元の作業に視線を落とした。

いったい何者だ、この老人は。

私も身をこわばらせながら、おしぼりで手を拭《ぬぐ》った。いいタイミングで蜂蜜入りのホットワインを持ってきてくれた堤さんは、並んで座る私たちを見て笑った。

「あらあら、監物《けんもつ》さん、ナンパですか？」

「この店は客に対して口が悪いなぁ。安心してね、お嬢さん。一人で食事をするのも寂しいだろう？　本当に話し相手が欲しいんだよ」

彼は困ったように眉《まゆ》を下げた。

「みもざちゃん。紹介するわね。こちらは監物さん。私と城崎シェフが働いていたレストランの総料理長だったの。昔は鬼みたいに怖い人だったけど、今はいいおじいちゃんよ」

「えっ」

ということは、城崎シェフの師匠ではないか。

堤さんが支配人を辞退して、けっきょくは辞めたというレストランは、どう考えても高級フレンチだ。きっと厨房の上下関係もかなり厳しかったにちがいない。

監物さんは楽しそうに笑いながら、片手に持ったワイングラスを緩く回した。

「確かに昔は厳しかったなぁ。若い奴らに鬼と呼ばれていたのも知っている」

彼はチラリと厨房に目をやるが、城崎シェフはそ知らぬ顔で調理を続けている。

「でも、すっかり丸くなったよ。年を取ったし、色々とあったからね。今は、昔一緒にやっていた若い奴らの店を回るのが唯一の楽しみさ。特にこの店は特別なんだ」

「特別？」

監物さんは答えず、「まずは乾杯といこうか」と軽くグラスを掲げた。私もホットワインのグラスを目の高さに上げた。温かな甘さが体の中に沁《し》み渡るように落ちていく。

「よかったら一緒にどうぞ」

監物さんは自分の前に置かれていたココットを私の前に移動させた。

「これは？」

「グラトン。豚脂で揚げた豚の皮や脂身だよ。香ばしくていいつまみになる」

ひとつつまんで口に入れた。軟骨揚げのようなものかと思ったが、まったく違った。豚脂で揚げているせいか、カラッとして脂っこくない。ほどよく塩味が効いていて、確かにおつまみにぴったりだ。

「美味しいです！」

「よかった、よかった。たくさんお食べ」

監物さんは目を細めて微笑んだ。

料理が仕上がり、城崎シェフが硬い表情でカウンターに皿を置いた。かつての師匠に緊張するシェフもなかなか新鮮だ。

「アンドゥイエットです」

監物さんは検分するようにじっくり料理を眺めている。

こんがりと焼き色のついた太いソーセージ。マッシュポテトとサラダ、マスタードが添えられている。脂の焦げる香りがたまらない。

「……うん。うまそうだ。お嬢さん、一緒にいかがですか」

城崎シェフの表情がほっと緩み、すぐに取り皿を用意した。

監物さんは太いソーセージを半分に切り分けると、ポテトやサラダを添えて私の前に置いてくれた。

「せっかく注文したのに、半分でいいんですか?」

「いやいや。ここに来ると、ケイが勝手に出してくるんだよ。病気をしてから、酒も美味《うま》い料理も控えているんだ。こういう時だけ特別なんだよ」

「料理人さんにとってはつらいですね」

「そうなんだ。だからね、こうして半分こしてくれる相手がいると助かるんだよ」

彼は穏やかに微笑んだ。でも、こういう人ほど豹変《ひょうへん》すると恐ろしい。城崎シェフはかつてその洗礼を受けたのだろう。

「お嬢さん、アンドゥイエットは初めて？」

「はい」

「ケイ、説明して」

監物さんに促され、シェフは従順に従った。

「豚の腸に豚肉や内臓類を詰めたソーセージです。内臓といっても、丁寧に処理をして臭みなどはありませんので、安心してお召し上がりください。独特の食感がお楽しみいただけます」

「内臓のソーセージ……」

「フランスには、内臓から血液まで余すことなく使う料理があるんだ。そういう料理が好きな客もわりと多い。内臓はどこを使った」

「胃と小腸、肉は喉肉《のど》です」

「まぁ、食べてみてよ、お嬢さん」

私は恐る恐る切り分けて口に運んだ。

断面はかなり粗挽《あらび》きのソーセージといったところで、口に入れるとしっかりとした食感がある。溶け出した脂が熱でカリッと焼けていて、口いっぱいに旨《うま》みが広がった。

監物さんも頷《うなず》いた。

「うん。悪くない。店によっては詰め物も腸の形がわかるくらいのアンドゥイエットもあるけど、ケイのはかなり細かくしてあって食べやすい。まぁ、それも好み次第だ」

「初めて食べました。美味《おい》しいんですね」

「何でもつい先日、豚料理のオンパレードがあったんだろ？」

女性初の役員に就任したという木下さんのことだ。今度は会社の同僚と祝うと、豚肉料理を予約していた。

「ええ。おかげで今夜はいい材料が揃っています。監物さんは不思議といつもそういう日にいらっしゃる」

「それで今夜も内臓かい？」

「色々とご用意できています」

監物さんは楽しそうに笑った。

「監物さんは内臓料理がお好きなんですか？」

疑問に思った私に、監物さんは吹き出した。

「そうじゃないんだ。でも、ケイは内臓料理ばかり出してくる」

「どうしてですか？」

カウンターの中を見るが、シェフは黙ってフライパンを洗っていた。

「前にね、肝臓をやっちまったんだよ。やっと退院してここに来たら、ケイの奴、フォアグラを出してきた。さすがにきつかった。知っています？　同物同治っていう薬《やく》膳《ぜん》の考え方。体の悪い部分を動物の内臓の同じ部分で補おうって考えらしいんですけどね、病み上がりに出す料理ではない」

「まさか退院してすぐにいらっしゃったとは思いませんでした」

手を布巾《ふきん》で拭《ふ》きながら、城崎シェフが言った。

「やっと解放されたんだ。そりゃ、出歩きたくもなるさ」

「そうよねぇ。だってここは監物さんには特別なお店ですもの」

堤さんも横に来て話に加わった。

カウンターの奥では、奈々子さんもこちらの話に耳を傾けているようだ。

冷たい雨のせいか、相変わらず新しい客は入ってこない。

監物さんは私のホットワインのグラスが空になっていることに気づくと、堤さんに新しいグラスを用意させた。そして、自分の前に置かれたボトルからワインを注いで私の前に置いた。

「ありがとうございます。いただきます」

「私はね、グラス一杯だけって決めているんだ。でも、ボトルで頼まないと恰好《かっこう》がつかないだろう？　飲みきれない分は、ケイと千花の分さ」

私。そういえば、城崎シェフの一人称も「私」だ。

「素敵ですね。昔一緒に働いた仲間のお店をこうして訪れるのって。シェフも堤さんもきっと嬉《うれ》しいと思います。だって、同じお店の仲間って、家族よりも一緒に過ごす時間が長いじゃないですか。おまけに忙しいピークタイムを何度も乗り越えた戦友でもある。やっぱり絆《きずな》が深まりますよね」

ワインのせいか、するすると言葉が出た。日頃、シェフと堤さんを見ていて、私も自分の店でこんな関係を築けたらといつも感じていることだった。

「監物さん、こちらのみもざちゃんは、洋食店の店長さんなの。いつもはもっと遅い時間にいらっしゃるんです」

「ほう。若いのにご立派だ」

「いいえ、洋食店といっても、ファミレスみたいなお店です。『常夜灯』に来るたびに憧《あこが》れてばっかりです」

「ということは会社組織かな。色々と大変だろう」

「はい、大変です。だから、堤さんに話を聞いてもらっているんです。よかったら、昔、皆さんが働いていたレストランのお話を聞かせてくれませんか。素敵なお店だったんだろうなって、堤さんのお話を聞いて感じました」

堤さんと監物さんは顔を見合わせた。

「素敵なレストランだったなぁ。うん、いい店だった。できれば、あの店で現役のままシェフ人生をまっとうさせたかったし、そうするはずだった。なぁ、お嬢さん。お嬢さんならどんな時に仕事を辞めたくなる？」

カウンターに頬杖《ほおづえ》をついた監物さんにじっと見つめられ、私は「えっ」と声を上げた。まさか質問が返ってくるとは思わなかった。

「……理不尽なことを押しつけられた時です。正直に言うと、店長だって私にはまだ荷が重い。あとはお客さんのためにならない妙な決まり事とか、明らかに無理な人件費の予算とか。現場を置き去りにした本社の勝手な決定にはいつも腹が立ちます。今は仕方ないって諦《あきら》めているんですけど、それが仕方ないですまなくなったら、きっと辞めたいと思うんでしょうね。忙しくて体がキツィよりも、精神面のほうがずっと私にとっては辛《つら》くて我慢ができません」

監物さんは笑った。

「なかなか筋が通っている」

「みもざちゃん。前に、私、支配人を任されて、それが嫌でレストランを辞めたって言ったでしょう？　でも、それだけじゃないの。それだけなら、私だけ辞めればいい。同じタイミングで、ケイも、監物さんも、もっと多くの人がそれまで頑張ってきたレストランを離れたの。そう、大きな理不尽があったからよ」

「大きな理不尽？」

「お嬢さんは、さっきこの店に憧れているって言ったね。どういうところに憧れるんだい」

また質問が返ってきた。

たくさんありすぎて、言葉にするのが難しい。

初めて来た時から、間違いないと思った。暗闇に浮かぶ看板も、窓のステンドグラスも、期待感の高まる薄暗い通路も、店内のほんのりとした明るさも。

美味しそうな匂い、堤さんの明るく行き届いた気配り。厨房《ちゅうぼう》からもシェフはお客さんの様子を把握し、絶妙のタイミングでできたての料理を提供する。

何よりも、ただ食事をする空間ではなく、夜から朝にかけて、美味しい料理と居心地のいい居場所を用意してくれているというのがいい。終電を逃した客から、始発で仕事に向かう人まで、時にはおにぎりと味噌汁《みそしる》という意外性で、お客さんが真に求めるものを与えてくれるのだ。

そのひとつでも、私の店で真似《まね》ることができれば、「シリウス」はずっとよくなるにちがいない。

私がたどたどしく言うと、監物さんは大きく頷いた。

「そうだな。それは、ケイと千花が、自分たちのやりたかったことをすっかり実現させたからだ。つまり、前の店ではできなかったことを、ここで成功させたことになる。大したもんだ」

「嫌だわ、監物さん。褒めても何も出ませんよ」

「お待たせしました」

絶妙のタイミングで城崎シェフが料理をカウンターに置いた。

「お、出たじゃないか」

「ピペラードです」

「お前さんが修業したバスクの料理だな」

グラタン皿のような器の中は、真ん中にポーチドエッグを落として生ハムをたっぷりと載せた野菜の煮込みのような料理だった。

監物さんがさっそく私の分も取り分けてくれた。

ラタトゥイユのような野菜のトマト煮込みの豪華版といったところか。半熟卵がとろりと蕩《とろ》けて、トマトの酸味と絡み合う。大ぶりのパプリカは甘みがあって、たっぷりの野菜と生ハムのバランスが絶妙だ。

「上の赤い粉はピマン・デスペレットというエスペレット村原産の赤唐辛子で、味を引き締めてくれます。バスク地方はフランスとスペインにまたがっていて、この地方の料理には、大航海時代に新大陸、つまりメキシコのあたりからもたらされたトマトや唐辛子を含むピーマン類がよく使われます」

「美味《うま》いな。こういうのがいいんだ。私のような古い料理人は、教科書通りのフレンチしか作れなかった。郷土料理っていうのか、その場所、その場所の美味い料理を食べられるのも、こういう店の良さだよな」

「ええ。あのレストランではとうてい作れなかったでしょうね。華がないと一蹴《いっしゅう》されて、どこにでもあるような派手なフレンチしか作らせてもらえなかったでしょう」

淡々とシェフが答えた。いったいどういうことだろう。以前働いていた店は、素晴らしい店ではなかったのだろうか。

「もうわかっただろう。私たちは、働いていたレストランに失望したんだ」

監物さんは寂しそうに笑い、堤さんも頷《うなず》いた。

窓の向こう側の路地を車が通り過ぎ、静かな店内にシャバシャバと水音が響く。まだ雨は降り続いているらしい。

「こんな夜はサッパリですね。監物さんの昔語りにでも付き合いましょう」

城崎シェフが言うと、監物さんは苦笑した。

「年寄りの喜ばせ方をわかっているじゃないか。まぁ、そのおかげで今があるわけだからな。あのまま経営者が変わらなければ、私たちはずっとあのレストランにいたのかもしれない」

そこで私は、彼らが働いたレストランの話を聞くこととなった。

いわば、他に客のいない、雨夜の昔語りだ。

最初のオーナーは、日本のフレンチを牽引《けんいん》してきた素晴らしい人だったという。この国でのフレンチの位置づけを確固たるものにしようという信念をもって、その黎明《れいめい》期《き》を支えた店で修業をしたスタッフを引き連れて自分の店を開いたのだ。監物さんもそのスタッフの一人だった。

「オーナーは自ら支配人として店頭に立ってね、とにかくお客さんを楽しませることだけを考えていたよ。スタッフ全員がお客さんのほうを向いていた。こうしたら喜んでくれた、あの料理は評判がよかった、料理人も接客スタッフも関係なく、一日の終わりはそんな話題で盛り上がった。みんなやる気に溢《あふ》れていたんだ。おかげでずいぶん流行《はや》ってね、そこから独立した有名シェフなんてのも何人もいる。オーナーは私よりもいくつか年上でね。支配人を二番手に譲ってからも、しょっちゅう店に顔を出していたよ。本当に店が好きだったんだよねぇ」

「私も何度もお会いしました。新人スタッフにも気さくに声をかけてくれて、みんなに慕われていたなぁ。私とケイはオーナーが引退してから入ったの。同期だけど、大卒だった私のほうが年上。だからちょっとお姉さんぶれるのよね」

堤さんがシェフを見てニヤッとした。

シェフが堤さん相手でも丁寧に話す理由がわかった。

「その素晴らしいオーナーはどうされたんですか」

恐る恐る訊《たず》ねると、監物さんはワインで唇を湿らせた。

「過労がたたったのかねぇ、店で倒れてそれっきりさ。でも、人気店だったからね、すぐに別の会社が経営を引き継ごうと名乗りを上げた。それがひどい会社だった」

「それで、理不尽の積み重ねですか」

「私たちだけじゃない。一番かわいそうだったのは、それまで信頼して通って来てくれた常連客たちさ。そんな人たちを裏切ってしまったのが、私たちは何よりも辛かった」

どうやら経営を引き継いだ会社は、飲食業にはずぶの素人だったらしい。事業拡大の一環として、名のある店を看板替わりに買収したに過ぎなかったのだ。見るのは数字だけ。コストを減らそうと、様々なものを削ろうとした。

人件費、材料費、水道光熱費。削ればこれまでできていたことができなくなる。何せお客さんを楽しませることを第一に考えてきたレストランだ。当然ながらサービスの質も、料理の素材や味も落ちる。一流のお客さんがそれに気づかないはずはない。

「あの頃の支配人、毎日お客さんに頭を下げて回っていたの。私たちでさえ、お客さんのがっかりする顔や不満そうな顔を見て、いたたまれない思いをしているっていうのに、支配人ともなれば、お客さんにも直接不満をぶつけられる。それ以前にとても気配りのできる人だったから、ちょっとしたお客さんの不満を感じ取って、どんどん思いつめていっちゃったのよね。サービススタッフに繊細さは大切だけど、繊細すぎるのもいけないんだって、教えられたわ。お客さんに申し訳ない、もう続けられないって、胃を悪くして辞めることになっちゃったの」

その重圧は想像するに余りある。私など、たった一件のクレームでも大いにショックを受け、腹が立ち、何日も引きずるのだ。永倉さんの料理が雑な時も、あまりにも正直なお客さんの表情を見るのが苦しかった。

きっとその支配人は、お客さんに寄り添った立派な支配人だったのだろう。

堤さんはその背中を見て育ったのだ。

「最初に経営陣に直訴したのはその時だったな。支配人がこうなったのは、現場の状況を理解しない本社の一方的な方針のせいだ、もっと現場の意見を取り入れて欲しいって。そうでなきゃ、死んだオーナーにも辞めた支配人にも申し訳ないからな」

「……でも、何も変わらなかったんですか」

「変わらなかったわねぇ。いえ、さらに方針を変えたと言ったほうがいいのかしら。結果的に常連客は離れ、売上が大きく落ちた。だから、このままではいけないって思ったのよね。支配人が辞めたのを逆手にとったのよ」

「もしかして……」

「そう。世代交代を計ったの。スタッフを若い世代にシフトチェンジして、店を生まれ変わらせようとしたのね。つまり若き女性支配人の誕生よ。ホールだけじゃなくて、料理人もよ。ケイを一年のフランス研修に送り出すことにしたの。若手の中では一番研究熱心で実力があったからね。そして、帰国後はフランス帰りの若き総料理長としてイベントを打つ計画だった」

「老兵は退けってな。そんな計画を打ち出されたら、私たちの居場所がなくなる。直訴した私たちを嫌って、追い出そうとしたんだ。実際、その頃に昔からの仲間が何人も辞めている」

「そんなこともあって、私たちはいっそう結束を強めたのよね。私、実は一年間支配人をやったのよ。本当は嫌だったし、先輩に代わってくれってお願いもした。そのまま辞めちゃうことだって考えたわ。だって、まさに矢面に立たされるわけじゃない。でも、ケイがフランスから帰るのを待とうって思った。フランスに行く前に作ってくれたのが、前にみもざちゃんが食べた、ジャガイモのグラタンよ。ねぇ、あの時、ケイはどんな気持ちでフランスに行ったの？」

「どんなと言われても。行かせてくれるならチャンスと思っただけです。自分が帰国して料理長になるなら、それこそあの店を変えるいい機会です。ようは実績を作ればいいんですから。数字が良ければ上も文句を言わない。そのためには、かつてのようなお客さん本位の店に戻さなければ難しい。それなら世代交代はまたとないチャンスです」

相変わらず淡々としたシェフの言葉に、監物さんは苦笑いをした。

「私はどうなる」

「呼び戻しますよ。私が料理長なら、それくらいの権限はあるでしょう」

「そうなっていたら、私が支配人でもうまくやれていたかしら」

「堤さんの実力なら。そしてチームがそろっていれば」

「……でも、皆さん、そこを去られたんですね」

「そう。お店が限界だったのよ。ちょうどその少し前から、欧州各地で修業した若手シェフが続々と帰国して、日本各地で小さなビストロを開業して話題になっていたの。それに比べたら、もともとが老舗《しにせ》のあの店なんてまったく魅力がなかったのよ。お客さんは正直だもの」

「あの頃はひどいものだった。よそで流行っている料理をここでもやれ、コースの価格を下げて、若い客層も取り込め。最初のオーナーの思い描いた店とは遥《はる》か遠いところに行っちまっていた。さっきのケイの話じゃないけどね、私も最後に料理人として、しっかりお客さんを楽しませる店をやりたいと思ってしまった。そう思ったら、還暦間際の私には、もう時間がないように思えてね。ケイには悪いが、私は動きはじめた」

「そうなる予感はありました。その前の状況を見ていましたから」

「……それで、開いたのがここさ」

監物さんは顔を上げて、ぐるりと「キッチン常夜灯」の店内を見回した。

「ええっ」

「そうよ。ここ、最初は監物さんがやっていたの。接客は私が担当」

「その頃から営業時間は夜中だったんですか？」

すっかり興奮した私に、監物さんは笑いながら首を振った。

「いや、さっきも言っただろう。私はすでに還暦間際だった。深夜営業なんてとても無理だよ。『ビストロ・ケンモツ』といってね、ごく普通の店だった。まぁ、普通すぎて、たいして流行りもしなかったけどね。でも、それでよかったんだ。余生を、好きな料理でお客さんをもてなして過ごしたいって思ったんだから。でも、まぁ、うまくいかなかったね。それでも、あのレストランにいた頃よりはずっと充実していたんだ」

「ビストロ・ケンモツ……」

「そのままだろう。『キッチン常夜灯』ってのはケイに譲ってから、あいつが考えた」

「なぜ『ビストロ』ではなく『キッチン』なのかさんざん訊《き》かれましたが、キッチンで料理とともに大切な人を待つのが私の原点ですから」

シェフの言葉に堤さんも頷《うなず》いた。

「そうね。朝にはお味噌汁《みそしる》だって出してるもの。いいと思うわ」

「じゃあ、フランスから帰国したシェフも、すぐに最初のレストランを辞めちゃったんですか」

「まぁ、そうですね。ずいぶんなじられましたけど」

それはそうだろう。おそらく社費で研修に出したのだから。

「でも、すでに監物さんたちが辞めた後だったのが幸いしました。本社で言ってやったんです。大切なスタッフを守り切れない店で、いったいお客さんのために何ができるのかって。ここではとてもフランスで学んだことを活《い》かすことはできない。一年前のスタッフが揃っていることが前提だった。レストランは料理人の腕がすべてではない。素材も、スタッフのサービスも、ワインも、空間もすべてがそろって完成するんだって」

「そうそう、ケイは言うことは言うのよね」

堤さんが笑った。

「でも、それだけが理由じゃありませんよ」

「なんだい」

「監物さんや堤さんがいなくては面白くありません」

「かわいいこと言うじゃねぇか」

監物さんの言葉に、シェフの耳がわずかに赤くなった。

「二人が始めた店を見て安心しました。いい店だと思った。私も自分の道を進まねばと思い、もう一度フランスに行くことにしたんです」

「そうだったんですか……」

話を聞いて、腑《ふ》に落ちる部分が大きい。どん底の理不尽を経験してきたからこそ、極力それを排除した店がこの「常夜灯」なのだ。そこに城崎シェフの思いや理想が加わり、さらにお客さんにとって居心地のよい場所となっている。まさにここは、シェフと堤さんが作り上げた店なのだ。

「『ビストロ・ケンモツ』がもっと続いていたら、ケイはこっちに帰って来なかったのかなぁ……」

ふいに監物さんが呟《つぶや》いた。

「それは、今も城崎シェフがフランスにいたかもしれないってことですか」

監物さんは私のグラスが空になっているのに気づくと、ワインを注いでくれた。

堤さんは、「どうなの？　ケイ」とカウンターに身を乗り出した。

「そんなことはありません。二度目の渡仏の時、すでに目標は定まっていました。私も自分の店を持つことです。どんな店にするかも決めていた。そのための渡仏でした」

「そのわりに、なかなか帰国しなかったじゃない」

堤さんがニヤリと笑う。

「まさか四年もせずに監物さんが現役を退くなんて、考えもしないでしょう。私にも色々と段取りというものが……」

「病気は待ってくれねぇや。いつ戻るかもわからないお前さんのために、ここの家賃を払いつづけるほどの金もない。千花もいるし、この場所をできればケイに続けて欲しかったからな」

「だから、こうして帰ってきたじゃないですか」

「ああ、帰ってきてくれたな」

「もう大切なものをなくすのは嫌だったんです」

「ああ。あのレストランは悔しかったな。あんなに好きな店だったのに、守れなかったんだもんな」

「私よりもずっと長く働いた監物さんならなおさらでしょう。私にとっても、あなたや堤さんに出会い、料理人とは何かを教えてくれた大切な場所でした」

「そうだな」

「あなたは私の師匠ですから、今度こそ私が守りたかった」

監物さんの唇が震えた。

「ケイ、ありがとうな。はは、年を取ると涙腺《るいせん》が弱くなっていけない」

監物さんはそっと指先で目頭を押さえた。

「ねぇ、みもざちゃん。このお店ね、内装は『ビストロ・ケンモツ』の時とまるっきり一緒なの。長いカウンター席も、開けた厨房《ちゅうぼう》も、窓のステンドグラスも、異世界に向かうような玄関からの通路も」

私は改めて店内を見回した。

「城崎シェフもこの雰囲気がお好きなんじゃないですか。私も初めて来た時、なんて素敵なお店なんだろうって思いましたから」

「そうかもしれないわねえ。今思えば、真夜中の雰囲気にぴったり。でもね、昼間も素敵だったのよ。ステンドグラスから西日が差し込んで、床に色とりどりの光が揺れてね。監物さん、それがお気に入りだったの。ステンドグラスに惚《ほ》れて、この場所を選んだって言っていたもの」

「そうなんですか」

「そう。ここ、もともとは喫茶店だったんですって。ステンドグラスはその当時から。レトロな雰囲気がたまらないでしょ。監物さん、自分は一度も海外での修業経験がないから、欧州に憧《あこが》れがあったみたい。お店も本当は入り組んだ路地や石畳がフランスの町に似ているっていう神楽坂《かぐらざか》がよかったそうだけどね。それで隣駅の水道橋。まぁ、ここも路地裏だしね。ケイも、監物さんのそんな思いをちゃんとわかっているの」

今夜、ここに来てよかった。

とても素敵な話をいくつも聞けた気がする。

「年齢を重ねると、大切なものがどんどん増えていって困りますね」

しみじみとシェフが言った。

「そして、どれも手放すのが惜しくなります」

いつの間に用意していたのか、シェフはカウンターに料理を置いた。

皿を見た監物さんは、上目遣いにシェフを睨《にら》んだ。

「……出してきたか」

「私の気持ちです」

「そのわりに重いだろ。次はもっと軽い料理にしろ」

シェフは私のほうを見て小さく笑った。

「バスク風のパテ。豚のレバーと豚挽肉《ひきにく》。キントア豚の背脂を使いました。昔から、私の料理は大切な人を思いながら作る料理ですから」

どうあっても監物さんに肝臓を食べさせたいらしい。

しかも今回は料理の締めに持って来たようだ。

何というか、この二人の関係が私にとっては不器用な愛情に溢《あふ》れていて、師弟を超えた関係が感じられる。もしかして、シェフは監物さんに幼い頃に亡くした父親を重ねているのかもしれない。

監物さんはわざとらしいため息をつくと、ナイフとフォークを取った。

「ありがたくいただくよ。毎回、毎回、私の体を気遣った美味《うま》い料理を出してくれる。それに内臓は嫌いではない。何せ、体の真ん中、一番大切な部分だ。そこを美味《おい》しくいただかせてくれて感謝するよ」

監物さんはパテを切り分けると、さりげなく大きいほうを私の皿に置き、こっそりと片目をつぶって見せた。

それを見て見ぬふりをしながら、城崎シェフも言った。

「奇遇ですね。私も内臓料理が好きなんです。フランスには驚くほどたくさんの内臓を使った料理があります。私が修業したバスクもそうですが、羊や牛の放牧が古くから生活に根づいている。内臓や血液まで余すところなく使い、なおかつ美味しい料理に仕上げる。それに内臓はどれも時間をかけて丁寧に仕込まなければ臭みが残ってしまう。丁寧に、丁寧に食材に向き合う時間が好きなんです。何かに集中することは、時に無心になり、時に別のことをじっくりと考えることもある。いいものですよ」

「そうやって、お前さんはいろんなことを考えてきたわけか」

「生きていくためには、考えなくてはいけないことがたくさんある。でも、それだけでは疲れます。みもざさんもそうでしょう」

パテを咀嚼《そしゃく》しながら頷《うなず》いた。

「そうです。常に頭の中はいろんなことを考えています。仕事中も、通勤途中も、家に帰っても」

「だから眠れなくなる」

「……そのとおりです」

「みもざさん、時には自分のために料理を作ってみるといいですよ」

「自分のために？」

「美味しいものを食べ慣れていれば、きっと上手くできるでしょう。食材に向き合い、料理に集中することは心を落ち着かせてくれます。忙しい日々こそ、時に丁寧に自分と向き合う時間が必要かもしれません。自分を大切にすることも忘れてはいけないんです」

「……そうかもしれませんね」

「そうです。大切なものは、自然と丁寧に扱うでしょう？　大切な相手を考えるなら、まずは自分を大切にすることです。例えばお店では、自分がいら立っていたらお客さんにもぞんざいに接してしまう。違いますか」

耳が痛い。私も、食材に当たる永倉さんもそうだ。でも、それを直そうと今、私たちは努力している。

「パテはいかがですか」

「美味しいです」

「例えばですよ、このパテも家庭で作ろうと思えば、材料をフードプロセッサーにかけてしまえば簡単です。型に敷く背脂や網脂が手に入らなければベーコンで十分。いい味も出て、素材をしっかりまとめてくれます」

さすがにパテを作ろうとは思わない。でも、確かにシェフの言うとおりなのだ。何事も丁寧に向き合えば、きっとほどけていく。何かが変わりはじめる。

「最初は自分のため。でも、その次は誰かのために作ってみるといいですよ。大切な人を想いながら作る料理は、さらに心を穏やかに満たしてくれます」

隣では、静かに監物さんが微笑んでいた。

「私も料理を始めた頃は、田舎のオフクロにいつか自分のフランス料理を食べさせるんだなんて、そんなことを考えて修業したもんさ。洋食屋なんて一軒もない田舎町だったからね。当時はフレンチなんて言ってもさっぱりわかってもらえなかった。厳しい下働きの時も、オフクロのことを思うと負けるもんかって思えたんだ」

監物さんは視線を上げると、店内を眺めた。

「そういう思いは消えないものさ。オフクロなんてとっくに亡くなってしまったが、『ビストロ・ケンモツ』に老婦人が食事に来ると、ついオフクロみたいな気がして、何だか妙に切なくなったのを思い出すなぁ。その客が『美味しい』なんて言ってくれると、思わず涙ぐんだりしてな」

きっとそれまで働いていた大きなレストランでは、厨房から客の顔など見えなかったのだろう。この場所でお客さんと向き合い、監物さんはこれまでとは違う充実感を味わったのかもしれない。

私だっていまだに思うのだ。仲良さそうに食事をする家族を見るたび、私も両親とこんなふうに洋食店で食事がしてみたかったな、などと。そして、数少ない家族での外食の記憶をたどり、それでも楽しかったなと思い出すのだ。

「時にケイ」

「はい」

監物さんにピシリと呼ばれ、城崎シェフが顔を上げた。

「お前さんの大切な人はどうした」

「え」

シェフの顔が硬直した。

「ここを守るために帰国した時、お前さんが残してきた大切な人だよ」

シェフの頭がうなだれていく。

「それを言いますか。今、ここで？」

「何だ、大切な人がどうのって連呼していたのはお前さんじゃないか」

監物さんは意地悪く笑っている。もしかして、これはレバー入りのパテに対するささやかな報復だろうか。

それ以上に私も気になる。え？　シェフの大切な人？

子供のころ、母親を案じて作った料理への思いを胸に、今はシェフとしてビストロを営んでいるのかと思ったが、考えてみれば、いい大人のシェフにそれもないだろう。

「シェフ、どうしたんですか。さっきまで、あれだけ滔々《とうとう》と話してくれたじゃないですか」

ワインですっかり酔いが回った私も、つい調子にのった。

みれば、カウンターの奥で奈々子さんまでわずかに身を乗り出している。

「何せ、私のためにケイは大切なものを振り切ってきてくれたんだからね。いくらケイが自分で選んだこととは言え、心が痛むんだよ。どうしているんだい、彼女は」

ぼぼぼと、シェフの顔が明らかに紅潮した。何とわかりやすい反応だろう。普段は取り澄ましているくせに、なんという純粋な人なのだ。

「もう完全に過去のことです。確かにあの時は離れがたく大変辛《つら》い思いをしましたが、お互いに納得の上です。それに、今はとても理解ある現地の男性と結婚したとの報告もありました」

「お、それはつまり、完全にフラれたってことか」

「フラれていません。帰国する時に、きっちりと関係は終わっています！」

弁解するシェフに思わず吹きだした。

横で笑っている堤さんが、そっと教えてくれた。

「二度目の渡仏の時、あちらの女性とお付き合いしていたのよ。たぶん、かなり真剣にね。人って、大切なものを失くしながら生きていくのよね。でも、不思議とまた別の大切なものが現れる。守りたいものは絶対になくならないから本当に不思議だわ」

「そうじゃなきゃ、生きていく張り合いがないからな」

監物さんはワイングラスを揺らしながら頷いた。

きっと今では、懐かしい戦友に会える「常夜灯」が監物さんにとっては大切な場所になっているのだ。

堤さんは、ここが「キッチン常夜灯」となってから、御茶ノ水の大きな病院で働くご主人と出会ったそうだ。相手がこの仕事に理解があると言っていたのも、勤務医もまた不規則な仕事だからに違いない。

バスク風パテを食べ終え、グラスのワインを飲み干すと、私は「ご馳走様《ちそうさま》でした」

と席を立った。

「みもざさん、お腹いっぱいになりましたか」

まだほんのり赤い顔のシェフが、料理をすべて監物さんとシェアした私を心配してくれた。

「はい、今日は何だか胸がいっぱいです。それにワインのせいか頭がふわふわするんです」

「あら、じゃあ、そのままベッドに入れば眠れるんじゃない？」

堤さんが嬉《うれ》しそうに私の手を握った。

外に出ると雨は上がっていた。そのままふわりふわりと倉庫に帰り、ぱったりとベッドに倒れ込んだ。

いい夜だった。それぞれの大切なものを聞かせてもらった。シェフも、堤さんも、最初から「常夜灯」をやっていたわけではない。過去を乗り越えて今を築いたのだ。

彼らの壮大な物語を思い出しているうちに、私はいつしか眠りに落ちていた。

翌日、仕事から帰ってくると、私は倉庫のキッチン、つまり金田さんの台所に立った。

時刻は真夜中十二時。金田さんはとっくに布団に入っていた。奥の寝室からは物音ひとつしない。きっと熟睡しているにちがいない。

私は用意した材料をテーブルに並べた。鰹節《かつおぶし》と昆布。そしてワカメとネギと豆腐。休憩時間に店を抜け出して買っておいたものだ。

昆布を鍋《なべ》の水に浸《つ》けている間にシャワーを済ませ、髪を乾かしてから火にかけた。

スマホで合わせ出汁《だし》の取り方は検索済みだ。沸騰する前に昆布を取り出すのだと、菜箸《さいばし》を構えて鍋の中を見守る。鍋の底がフツフツしてきた気がして、昆布を取り出した私は、今度は鰹節を投入した。こちらも、グツグツと激しく沸騰させないように、でも煮立たせる。しだいに出汁の香りが濃くなっていく。

「ああ、いい匂い」

思わず声が出た。間違いなく自分の手で作り出した幸せの香りだ。

こんな些細《ささい》なことで、幸せを感じることができるのだ。

料理とは、本来こういうものなのかもしれない。お腹を満たすだけなら、手間のかかる工程も複雑な材料も必要ない。もちろん自分で「美味《おい》しい」と満足する場合もあるけれど、料理の先にある相手の笑顔を想像するからさらに心が満たされる。

何もそれは家族だけではない。私にとってはやっぱりお店のお客さんなのだ。

そういえば、油の臭いが染みついた私の実家でも、朝は必ずこの匂いがした。

母は朝からきちんと出汁をとって家族のために味噌汁《みそしる》を作っていたのだ。すっかり忘れていた記憶が蘇《よみがえ》り、急に両親の顔が見たくなった。

休みを取るのは無理だと諦《あきら》めて、しばらく帰省はしていないが、取ろうとする努力を最初から放棄していたことに気づいた。自分が生きやすいように変えていかなければいけないのかもしれない。自分で行動しなければ、何も変えられない。

自分で取った出汁は、とても美しかった。

鍋に戻し、蓋《ふた》をする。まだ寒い時期だから、朝までこのままで平気だろう。

私は台所の明かりを消し、静かに三階の部屋に戻った。

ベッドの中で金田さんの笑顔を思い浮かべた。

夜が明けたら、私はあの出汁で金田さんに味噌汁を作るのだ。

台所いっぱいに広がった味噌汁の香りに、金田さんはどんな顔をするだろうか。

きっと同じころ、「キッチン常夜灯」ではシェフと堤さんも味噌汁とおにぎりで早朝の賑《にぎ》やかな常連客達を送り出している。

金田さんの喜ぶ顔を思うと、私の顔がにやけた。シェフの気持ちが、私に流れ込んできたようだった。

第五話　長い夜の末に　クレームカラメル

都内では目に見えて桜の枝先の蕾《つぼみ》が目立ちはじめた。けれど、今夜は真冬に逆戻りしたかのように乾いた北風が吹き荒れていた。

閉店後、従業員用の入口からアルバイトの大村さんと外に出た。耳元を吹き抜ける強風に、大村さんが「寒っ」と肩をすくめる。

大村さんは浅草生まれの浅草育ち。家は店の近所なので、駐車場の前ですぐに別れることになる。

「ごめんね、なぐもっち。しばらくいないけど大丈夫？」

「大丈夫。安心して楽しんできて」

大学の春休みに入ってから、昼間もシフトに入ってくれる彼女は、高校時代から「ファミリーグリル・シリウス」でアルバイトをしている大ベテランだ。ホールに関しては、社員の永倉さんよりもずっと頼りになる。そんな彼女が、明日から友達とのイタリア旅行のために二週間ほどお休みとなる。

「ありがと、なぐもっち。お土産買ってくるね」

「いいから、本当に楽しんできてね」

駐車場の入口、雷門通りで私たちは別れた。大村さんは心配そうにいつまでも私のほうを見て手を振ってくれている。

三十歳を超えて大学生に心配されるほど、私は頼りないのかと情けなくなったものの、店のスタッフとして、自分の不在を心から案じる彼女の気持ちが嬉しかった。これは私が築き上げた大切な絆《きずな》だ。

しかし、そんな大村さんも四月になれば大学四年生。教師を目指す彼女に就職活動の予定はないが、教育実習が始まればしばらくの間バイトに来ることはできない。そして、一年後には大学を卒業し、「シリウス」からも巣立っていく。

バイトだから仕方がない。けれど、ベテランのバイトがいなくなることは、私にとって、いや、「シリウス」にとっても大きな痛手だ。

バイトとは、お客さんと同じように目まぐるしく店を出入りする存在だ。当たり前のことだけど、その時だけの戦力として彼女たちを扱うことに胸が痛む。何よりも、核となるのは私と永倉さんだけという事実が心もとない。

雷門通りを浅草駅に向かってゆっくりと歩いた。

遅い時間でも、ちらほらと門の前には観光客らしき人がいる。どこかで食事をしてホテルへ帰る途中かもしれない。

風は冷たいが、その分空気が澄んでいた。

私はしばし立ち止まって観光地の夜の風情を眺めた。浅草寺に仲見世《なかみせ》、隅田川の向こうには日本一の高さを誇るスカイツリー。この場所が観光地として賑わうのはもっともで、だからこそ「ファミリーグリル・シリウス浅草雷門通り店」は、社内でも五本の指に収まる売上を維持できているのだ。

なんだ、私、いい店で働いているんだ。

いつもあくせくと忙しく動き回っていた私が、こんなふうに思えるとは自分でも信じられなかった。

大丈夫、と自分に言い聞かせる。

これまでだって何とかなってきた。それは、理不尽を噛《か》みしめながらも、常に必死に働いてきたからだ。疑問を持って立ち止まってはだめだ。私はひたむきに前へ走り続けるしかない。これから見えてくるものを目指して。

「行くかな」

地下鉄の階段を下りながら呟《つぶや》いた。

こんな夜更けに、時間を気にすることなく目的地を決められることが何よりもありがたいと思った。

水道橋駅に到着すると、通い慣れた「キッチン常夜灯」を目指した。ビルやマンションに挟まれた路地はすっかり風の通り道となっていて、真正面から吹きつける風が髪の毛をかき乱す。

まずは温かいスープを頼もう。今夜はいったい何のスープだろうかと、視界の先に見えてきたぼんやりとした明かり目指して、一歩一歩足を踏み出した。

「キッチン常夜灯」。

夜道にほのかな光を放つ看板は、まさに常夜灯だ。ひときわ強い風がごおっと耳元で唸《うな》り、「常夜灯」の入るマンションの植え込みをゆさゆさと大きく揺らしていた。

ドアを開けると、風に煽《あお》られた勢いでいつもよりも激しくドアベルが鳴った。

「いらっしゃいませ！」

音に驚いたのか、慌てたように堤さんが飛び出して来た。

「ごめんなさい。すごい風で勢いがついてしまって」

「みもざちゃん、いらっしゃい！」

堤さんは顔をくしゃっとさせて私を出迎えた。

「今夜は大荒れね。日本海のほうは吹雪みたいよ。これじゃ、桜の開花も遅れそう」

堤さんに導かれて向かった店内には一人の客もいなかった。カウンターの向こうからシェフが「いらっしゃい」と物静かに言う。

「奈々子さんは」

「今日は来ていないの」

堤さんが顔を曇らせた。ピシピシとステンドグラスの窓が鳴った。外の強風は、店内に入ってもまだ私を追いかけてくる。

「古い建物だから心配だわ。前に話したでしょう。このマンションができた当時からの喫茶店をうまく利用させてもらっているの。監物さん、欧州への憧《あこが》れはステンドグラスだけじゃなくてね、古い物もうまく活用したいって考えていたの。味わいがあるから」

「私も好きですよ。監物のオヤジのセンスも悪くない」

「大切なものを引き継いだんですね」

「ええ。自分の理想を上乗せしてね」

シェフが小さく笑った。

「今夜のスープは何ですか」

「オニオングラタンスープをご用意しています。いかがですか」

「お願いします」

今夜のように冷え切った夜にぴったりのスープだ。

シェフも奈々子さんに温まってもらいたくて、このレシピを選んだに違いない。

それなのに。

自然と視線はカウンターの奥へと向いた。

いったいどうしたのだろう。

以前もこんなことがあった。奈々子さんのご主人に何かあったのではないかと、シェフも、堤さんもひどく気を揉《も》んでいた。あの時は持ち直したと言っていたけれど、いよいよその時が訪れたのかもしれない。

不思議だ。ここで見かけるまではまったくの知らない人だったのに、今はこんなに奈々子さんのことを案じている。

ぼんやりとした思考は、厨房《ちゅうぼう》から漂ってくる香ばしい香りに寸断された。

「美味《おい》しそうな匂い……」

「お待たせいたしました」

シェフがフッフッと湯気を上げるキャセロールを目の前に置いた。こんがりと焼き色のついたチーズが表面をすっかり覆っている。

気を取り直して私はスプーンを握った。奈々子さんを思ってスープを用意したシェフのためにも、美味しくいただかねばと思った。

「美味しそう。どこにスプーンを入れたらいいんですか」

「お好きな場所に」

私はキャセロールの縁に沿ってスプーンを入れた。焼けたチーズを破るような手ごたえの後、すんなりとスプーンは沈んだ。チーズの下のバゲットはすっかりスープを吸っていて、浮いた縁の部分だけはチーズと一緒にカリカリになっている。チーズの蓋《ふた》が破けた場所から、丁寧に炒《いた》めたタマネギの甘く、ほろ苦い香りが立ち上った。

「うわ、食べる前からすでに美味しいです！」

さすがのシェフも耐え切れずに笑った。

「シェフのオニグラ、今日みたいに寒い夜は大人気なのよ」

熱々のスープも、蕩《とろ》けるほど熱の入ったタマネギも、冷えた体に沁《し》みるようだった。バゲットの上のグリュイエールチーズは厚みがあり、しっかりとした食感と濃厚な旨《うま》みが、スープの味わいにさらに深みを持たせている。

「このスープとサラダだけあればもう十分って感じです」

この美味しさを、奈々子さんと分かち合えないのが残念だった。

どんな料理でも、一人で食べてももちろん美味しいけれど、感動を共有する相手がいれば、もっと美味しく感じられる。楽しい体験として胸に深く刻みこまれる。一人では、それが「美味しかった」で終わってしまうのがもったいない。

「奈々子さん、昨日はいらっしゃいましたか？」

「いいえ。ここ数日見かけません。最後にいらした時は、ブイヤベースをお出ししました。しばらく前からお疲れのようだったので」

「少し、痩《や》せたようでしたもんね」

「そうね」

「こんな天気だから今夜は家に帰られたのかもしれませんね」

気休めを口にして、すぐに後悔した。嵐の夜こそ一人は心細い。誰かのいる温かく明るい場所が恋しくなるはずなのだ。

「みもざさん、お料理、まだ食べられますか」

「え？　ええ」

「トリップ、いかがですか」

「え？」

「トリップです。牛の胃を豚足と一緒にシードルやカルヴァドスで煮込みました。寒い日の定番料理です」

「牛の胃、豚足……」

また内臓料理がきた。シェフも内臓を調理するのが好きなようだが、それ以上に何かと丁寧に向き合って、じっくり考えたいことがあったからではないのか。奈々子さ

楽しみだ。

んのことだろうか。

「トリップ、お願いします」

私は勧められた料理を注文した。考えてみれば、イタリア料理店でトリッパを食べたことがある。こうして、普段食べ慣れないものを食べられるのもこういうお店での楽しみだ。

トリップを待つ間、立て続けに二組のお客さんが入ってきた。どちらも寒そうに顔をこわばらせている。

「温かい料理、何がお勧め？」

「今夜はオニオングラタンスープがありますよ。煮込み料理はトリップがお勧めです」

「いいね。じゃあ、両方もらおうか」

「かしこまりました」

私のトリップを盛りつけながら、堤さんと客のやり取りを聞いていたシェフの口元が綻《ほころ》ぶ。

「いただきます」

イタリアンで食べたようなトマト煮込みをイメージしていたが、シェフのトリップは違った。そういえば、シードルやカルヴァドスで煮込んだと言っていた。見た目はインパクトがあるが、嚙《か》むとぎゅっと美味しいスープが溢《あふ》れてくる。ハーブが効いていて、臭みもまったくない。

内臓というと、つい噛みしめなければならない気がするが、けっしてそんなことはない。時間をかけて煮込んだせいか、プリプリとしてやわらかい。添えられたジャガイモやニンジンなどの野菜もすっかり味がしみてほくほくと美味しい。

シェフが他のお客さんの料理に集中しているのを確認して、私は堤さんを呼び止めた。

「堤さん。シェフはまたじっくり時間をかけて内臓の処理をされていたんですか」

「そうね」

「何かありました？　奈々子さんのことですか」

「もう。お客さんに心配されちゃうようじゃ、ケイもまだまだねぇ。奈々子さんのこともあるけど、ちょっと厄介な予約を受けてね」

「厄介な予約？　この前のお肉料理みたいな？」

「木下さんではないけどね。コース料理の予約ですって。ほら、ウチはアラカルトしかやっていないじゃない。夜中にコース料理を頼むお客さんなんていないもの。最初から想定していなかったわ」

「その予約、きっと女性のお客さんですよね」

堤さんは笑いを堪《こら》えながら「どうして」と訊《たず》ねた。

「いえ、何となく。シェフ、何かと女性がらみのことで思い悩んでいるなぁと思って」

今度こそ堤さんは吹き出した。

「ああ、この前もフランスの彼女のことで真っ赤になっていたしね。モテるのは確かだと思うのよ。でも、それ以前にコンプレックスがあるんじゃないかしら。小さい頃から、ずっと母親を窺《うかが》ってきたんだもの」

「なるほど」

「でも、苦手とかそういうのじゃなくて、必死に喜ばせようとしているってことよ。木下さんの予約の時は、活躍する女性を応援しながらも、必死になって働く姿を心配して、何とか彼女のこれまでの頑張りを祝福するお料理を組み立てていたしね。奈々子さんのスープもそう。みもざちゃんにいろんなお料理をお勧めするのも、同業者として応援したいからだわ。ケイが意識しない異性は私くらい。だって、私は同志だからね」

なるほど。堤さんの持論には大いに頷《うなず》けるものがある。

「意外と人間臭いんですね。シェフ」

「人の機微がわからなくては、お客さんを感動させる料理なんて作れないもの。その点、ケイは子供の頃からいろんな経験を積んでいるわ」

「何だか、私、ますますシェフの料理が好きになりました。もちろん、堤さんのことも」

「ありがとう」

堤さんは嬉《うれ》しそうに微笑んだ。

しばらくの間、私は黙々とシェフのトリップに集中していた。

コース料理を予約するなんて、木下さんの昇進祝いではないけれど、やっぱり何かのお祝いだろうか。きっと「常夜灯」を信頼しているお客さんにちがいない。ならば常連客か。私の知っているお客さんだろうかと、頭の中にここで出会った人たちを思い浮かべた。

でも、さっぱりわからない。

「トリップ、いかがでしたか」

不意に感想を聞かれ、私は勢いよく顔を上げた。

「美味《おい》しかったです。シェフのお勧めしてくれるお料理はどれも美味しいです。せっかくの内臓料理、監物さんと食べたかったです」

「またそのうち来ますよ」

「シェフ、コースのお料理、何を出すんですか」

さりげなく訊《き》くと、シェフはぎょっとした。

「聞いたんですか」

「シェフの作るコース料理、興味ありますから」

「……まだ内容は決まっていません。難しいんです」

「普段はアラカルトばかりですからね」

「相手は母親なのです」

シェフは困ったように目を伏せた。

「お母さんが、ここにいらっしゃるんですか」

「初めてですよ」

それはシェフが頭を悩ませても当然だ。

「商談で東京に出てくるらしいです」

「商談？」

「まだ現役なんです。周りからはゴッドマザーと呼ばれ、本人もまんざらではないようです」

「ゴッドマザーですか……。ちなみに、お会いするのは」

「十年以上会っていません。母も忙しい人ですし、私はこのとおりですから。最後に会ったのは、最初のレストランを辞めて、二度目のフランスに旅立つ前です」

「……シェフも色々ありましたしね」

この仕事をしていると、なかなか休みがとりづらい。世間の休みは自分の繁忙期なのだ。実家が群馬の私ですら、年に一度帰省できればいいほうだ。

「ということは」

「料理人として、母親に料理を出すのは初めてということになります」

「それは緊張しますね」

「今では母親の嗜好《しこう》すらわかりません。おまけに、普段から美味しい料理を食べ慣れているでしょうし」

「だから、内臓の処理に集中していたんですね」

「違います」

すかさずシェフは否定した。

「でも、きっとこれまでだって何度も東京へは出張していますよね。どうして今さら？」

「年を取ったからじゃない？」

堤さんが口を挟んだ。

「年を取るとね、人生の集大成じゃないけど、思い残すことがないようにって、気になっていたことを片づけようとするのよ。それは四十代の私も同じ。結構な頻度で両親のことを考えるようになったわ。離れて暮らしているからよけいにそう思うのよ。だって、あと何回会うことができるのかな、なんてね。ケイのお母さんもきっと同じよ。だって、ケイが子供の時から、ずっと一人にしておくことに心を痛めていたはずなんだもの」

堤さんの言葉は私の心にも突き刺さった。

私の両親だってもういい歳だ。今もまだ夫婦で中華食堂をやっているが、きっと昔のように威勢よく鍋《なべ》を振れていないだろう。でも、そんな父親の姿は想像できないし、見たくない。

「いい機会じゃないですか。お母さん、自分からシェフのお料理が食べたいって言っているんですもん。だって、昔はシェフが作っても、なかなか食べてもらえなかったんですよね？　忙しくて、帰宅するのも真夜中で。その時の気持ちで、今のシェフのお料理を作ればいいじゃないですか。東京とフランスで学んだ、シェフのスペシャリテを用意すればいいんじゃないでしょうか」

「みもざちゃんの言うとおりよ。いい？　お母さんのほうが、よっぽどケイに会うのが怖いはずよ。ずっと後ろめたい思いを持って働いてきたはずだもの。嫌われていると思っているかもしれないわ。そのお母さんが勇気を出して予約してきたのよ」

「そうです。シェフ、子供の時、お料理を作ってお母さんを待っていたのがシェフの原点じゃないですか。今も奈々子さんのためにスープを用意して待っているじゃないですか。ここのお客さんだって、シェフのお料理を楽しみにしてここに来るんです。大丈夫です、絶対にお母さんを喜ばせるお料理を作ることができますよ」

私たちに詰め寄られ、シェフは一歩、後ろに下がった。

「……確かに母親のほうがよほど緊張しますよね。もうひとつの目的は、再婚相手を私に紹介したいということですから」

私と堤さんは顔を見合わせた。

「お母さん、いつ再婚したの？」

「五年ほど前らしいです」

「……ごめん、それはやっぱりケイも緊張するわよね」

しかし、シェフはキョトンとした顔をした。

「いえ、再婚相手に関してはさほど。母親の人生ですから。私が子供の頃から、母親は自分の人生をしっかり生きていました。ただ、私がそう思えていなかったんですよ」

私ははっとした。「常夜灯」は私たち、客のためだけの場所ではない。シェフにとっても大切な居場所なのだ。大人になって、それを自分で作り上げたのだ。

きっとシェフは、お母さんを感激させる素晴らしい料理を用意するだろう。

それが決まったら絶対に教えてもらう約束をして、私は「常夜灯」を後にした。

それからしばらくは「常夜灯」に通えない日が続いた。

もちろん、時間的にはラストオーダーを気にすることのない「常夜灯」を訪れることはできる。しかし、体力が追いつかなかった。

理由はひとつ。「ファミリーグリル・シリウス」の忙しさだ。

奈々子さんはどうしただろうか。

シェフのことも気になる。

しかし、「常夜灯」に行くことができない。落ち着かない気持ちだけが募っていった。「シリウス」は完全に人手不足だった。ベテランアルバイトの大村さんが、春休みを利用しての旅行で休んでいるというのが大きく、他のアルバイトも帰省だの旅行だのと休みが多い。一人一人に頼み込んでみても、我が店のアルバイトたちは遊ぶためにバイトに励んでいるのだから、こういう時に頼りにならない。

おまけに観光地である浅草は、春休みとあって連日の大賑《おおにぎ》わいなのだ。いつもはランチタイムが終われば一度は客の入りも収まるはずが、閉店時間までずっとお客さんが途切れることはない。ありがたいことだが、もう勘弁してと言いたくなる。

それでもアルバイトをかき集め、時には本社にヘルプを要請し、私が休みなく働いて、何とか店を回している。

そのせいだろうか。何だか永倉さんが優しくなった。

休憩時間など取れるはずもなく、バックヤードに行ったついでにエナジードリンクを一気飲みしていると、永倉さんが素早くやってきて、すっと賄いの皿を置いてくれるのだ。

「南雲に倒れられたら、それこそ店が回らねぇからな」などと可愛げのないことを言いながら。

それを私は十分もかけずにかき込み、「ご馳走様《ちそうさま》でした」と前線に戻る。永倉さんがニヤッと笑う。

お互いに慣れたポジションのほうが効率的だということで、私は常にホール、永倉さんはキッチンにいる。やはりキッチンのほうが永倉さんも気が楽なようで、伸び伸びと仕事をしている。伸び伸びと言っても、以前のようなダラダラした雰囲気はない。

そして、盛りつけが丁寧になった。きっとホールを経験し、実際に運ばれた料理を見るお客さんを目の当たりにして、色々と気づくことがあったのだと思う。

忙しいくせにしっかりと賄いにありつけるという、以前では考えられない毎日を送り、帰りの電車ではクタクタになって眠くて仕方がない。以前はどんなに疲れていても意識が冴《さ》えてしまっていた私が、今は帰りの電車で立ったまま船を漕《こ》ぐような有様なのだ。

そうなれば、行きつく先は「常夜灯」ではなく倉庫のベッドである。

いつの間にか、倉庫の玄関先に植えられたミモザの花が満開になっているのも気づかなかった。

「きれいに咲きましたね」などと声をかければ、金田さんがどんなに嬉《うれ》しそうな顔をするだろうと思いながら、その金田さんと顔を合わせることもない毎日なのだ。

夜中に帰宅し、電池が切れたようにぱったりと眠る。

スマホのアラームに叩《たた》き起こされ、熱いシャワーで覚醒《かくせい》する。出勤時には、浅草駅から店までの自動販売機で必ずエナジードリンクを一本。そんな生活が十日以上続いていた。

ラストオーダーを確認し終え、最後の注文を端末からキッチンに送信した。

毎晩これが終わるとほっとする。最後の注文は一品のみ。それを運び終えたら、後はひたすら閉店に向けて片づけるだけだ。

「南雲」

後ろから名前を呼ばれた。こんなふうに呼ぶのは永倉さんだけだ。

「お前、今日はもう帰れ」

「え、だって、閉店まであと三十分ですし、まだ半分以上お客さんが残っていますよ」

「最後に入った注文はドリア一皿だ。村井に任せてきた。洗い場は市岡《いちおか》が頑張っている。ホールは俺が見る」

「いいですよ。だったら、市岡くんを十時で帰らせましょう。どうせ店長は残業代もつかないんですから」

ついへらっと笑った。閉店間際になると表情筋が緩む。今日も夕方に賄いを食べたが、わずか十分程度の休憩では、集中力も最後まで持続できない。疲労で怖い顔をしているよりも、筋肉が緩んで終始にこやかでいるほうがお客さんにとってもいいだろうと、勝手に思っている。

「ばか」

バックヤードに引っ張りこまれ、睨《にら》まれた。

「それで明日は休め。お前、最近ちゃんと鏡を見ているか」

「見てますよ、これでも女子ですし。それに、休めるわけがないじゃないですか。明日だって、全然人手が足りません」

さらにぐいっと腕を引かれ、スタッフが手を洗う洗面台の前に立たされた。身だしなみをチェックするため、正面には鏡がある。

「あっ」

永倉さんの手が、強引に私の耳の後ろあたりの髪をかき上げた。

「ちょっと何するんですか」

思わずかぁっと頭に血が上った。何事だ？　まさかセクハラ？　事態が呑《の》み込めず、戸惑った。

「でかい声を出すな。見てみろ」

永倉さんはうんざりした声を上げ、今度は私の頭をぐいっと右に向けた。

「ああっ」

ショックのあまり、またしても大きな声が出た。

「……ハゲている……。うそ。いつの間に。ええ〜っ、信じられない。一円玉くらいありますよね、これ……」

私は自分の手で髪をかき分け、問題の場所を何度も確認した。

「……一円玉ほど大きくないが、放っておくとひどくなるぞ。お前、最近休んでいなかっただろ。ずっとストレスもため込んできた。無理がたたって、体がSOSを出してきたんだ」

「うそうそ。だって、最近、いい方向に向かっているって思っていたんですよ。夜だって眠れるようになったし……」

「お前、眠れてなかったのか」

頭を押さえながら頷《うなず》いた。「ええ、まぁ」

ホールに残してきた花田くんが、心配そうにバックヤードを覗《のぞ》き込んだが、ホールを見ていろとジェスチャーで示して、私はその場にしゃがみ込んだ。

「……まぁ、ストレスの一端は俺のせいもあるよな。それ、眠れているんじゃなくて、体が極限状態なんじゃないか。顔色もずっと悪かったぞ。いつも飯を食わないからだ」

「……だから、最近、強引に賄いを与えてくれていたんですか」

この店では、休憩に入ったタイミングでキッチンスタッフに賄いを作ってもらう。食べられるのは店のメニューにあるもので、通常価格の半分がお給料から引かれる決まりになっている。つまり、休憩を取れない私は賄いを食べるタイミングもないわけで、ここ数日は、賄いを与えられるという形で、強引に休憩を取らされていたというわけだ。

「とにかく休め。それ、ひどくなっても知らないからな」

「よく気づきましたね」

私は無理やり髪の毛を引っ張って、問題の部分を隠そうと押さえつけた。こうすれば隠れないわけではない。逆に、これを見つけた永倉さんに驚いた。

「お前、すごいスピードで料理を運ぶからな。髪の毛が風でなびくんだよ。それで気がついた。俺のカミさんも昔、なったんだよ。子供のアレルギーがわかって、一人であれこれ心配してストレスため込んだんだろうな。あいつ、皮膚科に通っていた」

「……そうだったんですか」

「こっちは心配するな。自分のことを心配しろ」

「でも、お店が……」

「本社にヘルプを頼んでおく。いいか、どうとでもなるんだ。責任感は立派だが、店長だって生身の人間だ。あまり自分を過大評価するな」

何ということだ、永倉さんのくせにやけに説得力がある。

私は店のことは見えていても、自分のことはさっぱり見えていなかったらしい。しゃがみ込んだせいか、さらに力が抜けて立てなくなった。

「ほら、もう帰れ。今から明後日《あさって》の朝までお前は休みだ」

「でもスタッフが……」

「まだそんなことを言っている。本社にヘルプを頼むさ。総務の涌井は俺の同期だ」

「えっ」

「……俺、若く見えるだろ。あいつは本社に行ったとたん、老け込んだ」

「いえ、そうではなく、涌井さん、総務部長なのに……」

「うるせぇ。あいつは昔から本社の人間に気に入られていたんだ。それに、俺はこっちのほうが合っている。お前も一緒だ。本社の奴らにたいそう気に入られているらしいぞ。だって、この浅草店で見事店長を務めているんだからな。俺みたいな厄介者がいるのによ。そのうち、本社行きかもしれねぇな」

私はまたへらっと笑った。今度は表情筋のせいではない。本当に笑いたかったのだ。

「私、本社になんて行きませんよう。ずっと、お店のままがいいです」

永倉さんが私を必死に説得している間に、食事を終えた客は次々にテーブルを立ち、花田くんが着々とレジと片づけを進めてくれているようだった。

私は永倉さんに負けて、ぼんやりと着替え、ぼんやりと地下鉄の駅に向かった。

確かに私だけが休みもなく、休憩時間もなく、必死に働き過ぎていたかもしれない。

永倉さんは家族があるから、最低でも週に一度は休みを取れるようにバイトをやりくりして調整していたのだ。私は店長だから仕方ない、そのうち大村さんが戻ってきたら休めばいいと考えていた。

そっと耳の後ろに触れた。確かにそこだけつるつるとして髪がない。ショックだし、心配な状況ではあるけれど、思わず笑いそうになった。

「とうとう、ハゲちゃったか……」

永倉さんには怒られそうだが、ここまで頑張った自分の勲章のような気もした。

せっかく永倉さんの好意で早く帰らせてもらえたのだが、足は自然と「キッチン常夜灯」を目指していた。

シェフのことも、奈々子さんのことも気になる。

ああ、きっとそこでも自分のことも考えろと言われてしまいそうだ。

でも、気になることを放っておくことはできない。

これが私の性分だ。だから、せめてお腹いっぱい美味《おい》しいシェフの料理を食べて帰ろう。心と体に栄養をあげて、堤さんには今夜見つかった私の秘密をこっそり教えよう。シェフには、さすがに恥ずかしくて言えそうもないが。

東京ドームホテルやアトラクションの明かりを背に、暗い路地に入ってゆるりとした坂道を上る。上り切ったあたりに、黒いアスファルトをほのかに照らす明かりが見えてくる。赤や緑のステンドグラス。久しぶりだ。ようやく港に帰り着いた船のように、私はその光を求めて重い足を一歩一歩と進めていく。

カランカラン。

軽快なドアベルの音、「いらっしゃいませ」という、堤さんの朗らかな声。

思わず、「ただいま」と口にしてしまいそうになる。

「いらっしゃい、みもざちゃん。ずいぶん久しぶりね」

「堤さ〜ん、会いたかった！」

仕事をしている時はとうに諦《あきら》めていたのに、心のどこかではずっとここを訪れたかったのだと気づく。最後に来てから十日以上経ってしまったのだ。

「お待ちしていました」

ホールではシェフが待ち構えていた。

「ずっと忙しかったの？　ちょっと痩《や》せたみたいよ」

堤さんがおしぼりを渡しながら私の顔を覗き込んだ。

「本当に忙しかったんですよ。痩せたかな？　賄いはちゃんと食べさせてもらっていたんですけど。それに、眠くて、眠くて、倉庫に帰るのがやっとだったんです」

「あら、眠れたのならよかったじゃない。それだけ疲れきっているってことなのかもしれないけど」

「そうなんです。……ほら」

シェフが後ろを向いた隙に、私はそっと耳の後ろの髪をかき上げた。

「まぁ」

「ね？　それで、今日はもう帰れ、明日は休めって、強引にもう一人の社員が」

「前に話してくれた人？　いいところもあるじゃない」

堤さんは心配そうに私の耳の後ろを見て、それから何度もそのあたりの髪を撫《な》でてくれた。

「そうなんです。いいところ、きっと前からあったんですよ。お互い、見せようとしなかったんです。ようやく、見せてくれるようになりました」

「関係がよくなったのね。じゃあ、それも早く治さないと」

堤さんは労《いた》わるように髪を撫でつづけている。それから、厨房《ちゅうぼう》のシェフを呼んだ。

「シェフ、みもざちゃんに元気が出るお料理、どんどんお願いします」

「お腹は？」

「空《す》いています」

「顔色があまりよくありませんが、食べられますか」

「ペコペコです」

「かしこまりました」

シェフは微笑み、さっそく調理に取り掛かった。

今夜もカウンターの奥に奈々子さんの姿はなかった。

「あれからいらっしゃいましたか」

「来ていないわ。私たちが心配してもどうしようもないけど、やっぱり心配よね」

堤さんのパートナーは奈々子さんのご主人が入院する病院の医者だが、さすがにあれだけ大きな病院では、たとえ顔を知っていたとしてもすれ違うこともないだろう。

「でも、シェフは毎日スープを？」

「もちろん。いついらっしゃってもいいように。奈々子さんの分は、他のお客様が召し上がってくださいますから」

今夜の私の料理は、どうやらシェフが見繕ってくれるらしい。

もちろんスープも飲みたい。いったい、何を出してくれるのだろうか。

「お待たせしました。ホワイトアスパラのポタージュです」

「ホワイトアスパラ。そっか、もう春ですもんね」

「みもざちゃんが働いている間にすっかり春よ」

「そういえば、倉庫の玄関先にもミモザの木が植わっているんです。今、ちょうど満開なんですよ」

「まぁ、素敵ね」

オリーブオイルが回しかけられた真っ白なポタージュにスプーンを入れた。重い。スプーンの感覚でわかる。とても濃厚なスープだ。

口に入れてますますそれを実感した。ホワイトアスパラの味が口いっぱいに広がる。わずかなえぐみが、アスパラの新鮮さを物語っている。

「美味しい。私、ホワイトアスパラが大好きなんです。実家の家庭菜園にあったヒョロヒョロのアスパラを見慣れているせいか、太いし、きれいだし、アスパラの女王様って感じがするんですよね」

シェフがくすっと笑った。

私は大切に、大切にスープを飲んだ。奈々子さんにも食べさせたかったなと思った。その間に、今度はチーズの焦げる香ばしい匂いが漂ってきた。

「シェフ、今度は何を出してくれるんですか」

「タラのグラタンです」

「へえ、タラのグラタンですか」

「タラとアンディーブのミルク煮に、グリュイエールチーズを載せてオーブンに入れます」

「アンディーブ？」

「チコリーのことです」

弾力のあるチーズの下に、シェフの言うとおりクタクタになったアンディーブがあった。ナイフで切り分け、熱々を口に入れる。じゅわぁとタラの風味とミルクの甘み、それから隠し味のように加えられた刻んだソーセージの味が口の中いっぱいに広がった。

肉の加工品から美味しい出汁《だし》が出ることを、この店に通うようになってすっかり覚えた。ほろっと崩れるタラの身、そしてこちらも旨《うま》みが沁《し》み込んですっかりやわらかくなった白インゲン豆。

「いいですね。グラタンといっても、ベシャメルソースではなく、ミルク煮にチーズを載せて焼いているから、重くなりすぎない。とっても優しい味です」

「夜中のお料理ですから」

「少し、バゲットをいただけますか」

「温めますね」

しばらくしてオーブンで温めたバゲットを持ってきたシェフは私を見て言った。

「よかった。顔色が良くなりました」

「シェフのおかげです。……ところでシェフ」

「はい」

「お母さんのご予約は、無事に済んだのでしょうか」

あれから十日以上経つのだ。いったいシェフはどんな料理を用意し、どんな対面を果たしたのかが気になった。

「来週に延期になりました。年度末は何かと忙しいんでしょうか。まったく人騒がせなものです」

澄ました顔で言うが、明らかにほっとしているのがよくわかる。

「じゃあ、メニューはもう決まっているんですね」

「以前、アドバイスをいただきましたから」

「教えてください」

私は身を乗り出した。

カランカラン。

タイミング悪くドアベルが鳴り、私たちはいっせいに通路のほうに目をやった。堤さんは「いらっしゃいませ」と素早く出迎えに行く。

「まだ終電にはだいぶ早いですね」

何か、予感のようなものがあったのかもしれない。

私たちはじっと通路のほうを見つめていた。

きしきしと床板を踏む音が近づいてくる。

「シェフ、ご無沙汰《ぶさた》してしまいました。あ、みもざさんも」

顔を出したのは奈々子さんだった。後ろからついて来た堤さんの表情が暗い。

奈々子さんの口調は明るいが、しばらく見ないうちに、体はひと回り小さくなったようだ。目の周りも赤く爛《ただ》れたようになっている。どれだけ涙を流せばああなるのだろう。痛々しかったが、私は目を逸《そ》らせなかった。

奈々子さんは、今夜は私の隣に座った。彼女が落ち着くのを待って、シェフはそっと訊《たず》ねた。

「今夜はホワイトアスパラのポタージュです。ご用意してよろしいですか」

奈々子さんは顔を上げてシェフをじっと見つめた。

「いりません」

シェフの表情が固まる。

奈々子さんはシェフを見つめたままだ。

「……では、他に何か消化のよいものを」

「あっ、それとも、温かい飲み物のほうがいいかしら」

シェフと堤さんが揃って奈々子さんに提案した。

しかし、奈々子さんは首を振った。

「今夜はどうしても食べたいものがあって来たんです」

奈々子さんがこれまで料理を注文することなどあっただろうか。

「何なりと」

シェフは緊張の面持ちで彼女を見つめた。

「トリップ。牛の胃の煮込みが食べたいんです。メニューにありますか」

「ございます」

シェフの声に困惑の色が滲《にじ》んだ。スープ以外の注文に明らかに戸惑っている。

それに気づいたように、奈々子さんは言った。

「もうスープはいいんです」

「奈々子さん？」

「ごめんなさい。シェフのスープはいつも優しくて、美味《おい》しくて、私の体を温めてくれました。私はカウンターの奥でスープを飲みながら、ずっとシェフや千花さん、お客さんの会話を聞いていた。スープ以外の料理も、どれもとても美味しそうでした。出てきた料理をここから眺めるたびに、ああ、夫も好きそうだなとか、食べさせてあげたいなとか、終《しま》いには、ここで並んで食事をする自分たちの姿まで思い浮かべていました。こんな素敵なお店に二人で通いたかった……」

奈々子さんは淡々と語った。いつの間にか視線はカウンターに置かれた手へと移されていた。その手はきつく握りしめられている。

「前に、シェフのお師匠さんがいらした時、おっしゃっていましたよね。同物同治って。ああ、そんな考え方があるんだって思いました。私、今、すごくトリップが食べたいんです。病気なのは私じゃないんです。でも……」

奈々子さんの声が震える。

「奈々子さん……」

「あの人を苦しめた胃を、そっくりそのまま飲み込んでやりたい。あの人、胃がんでした。手術をして、胃なんてほとんど残っていないのに、ずっとあの人を苦しめた。だから、私、最後に懲らしめてやるんです」

うなだれた奈々子さんの肩も震えだした。私は思わず腕を伸ばし、奈々子さんの肩を抱き寄せた。そして言った。

「シェフ、私もトリップください。私も奈々子さんと一緒に、食べつくしてやります」

「かしこまりました」

シェフは厳かに頷《うなず》くと、すぐに調理に取りかかった。

しっかり味の染みたトリップを、私と奈々子さんは無言で嚙《か》みしめた。

噛み砕いて、粉々にして飲み込んだ。しかし、それはシェフの料理をより一層丁寧に味わうことと同じだった。内臓料理は手がかかる。シェフが時間をかけて仕込んだ牛の胃の料理を、私たちもたっぷりと時間をかけて、自分たちの体に取り込んだ。

無言で料理を食べつづける私たちを、シェフは黙って見守っていた。

堤さんもそっとしておいてくれた。

奈々子さんは、時折洟《はな》をすすりながら、お皿が空になるまでトリップを食べつづけた。

「常夜灯」の料理は、一皿の量がわりと多い。いつもは物静かにスープをすする奈々子さんが、果たしてトリップを食べきることができるのかと思ったが、彼女はひとかけらも残さず、細い体に取り込んでいった。その姿はとても力強く見えた。

すでにスープを飲み、タラのグラタンを食べていた私も、負けられないと思った。

無意識に左手は耳の後ろの髪の生え際に触れていた。

私もこんなところで弱っている場合ではない。たっぷりと栄養を摂《と》り込んでやる。髪の毛だって、きっとすぐに生える。私は店長だもの。立派な鎧《よろい》を着ているんだもの。絶対に大丈夫。

お皿がきれいになると、奈々子さんは「美味しかった」と呟《つぶや》いた。

私たちがホッとしたのもつかの間、奈々子さんは乱暴にフォークを投げ出した。高い音が響き、私は思わず身を竦《すく》ませた。

「どうしてこんなに美味しいの。胃なのに！ 憎らしい胃なのに！ 美味しくて、本当に美味しくて、私だけで食べるのがもったいないじゃない。あなたと食べたかったのに！」

私はとっさにカウンターに置かれた奈々子さんの手に自分の手を重ねた。

「美味しいですね、奈々子さん。シェフの料理は、どんな時でも美味しいんです」

奈々子さんは下を向いて肩を震わせている。

カウンターの手も震えていて、私は自分の手にも力を込めた。

「私もここに来るたびに思っていました。どんなに疲れていても、昼間に嫌なことがあってイライラしていても、シェフのお料理はいつも美味しかった。ちゃんと美味しいと感じることができた」

奈々子さんは黙りこんだままだ。

「夜中なのに、シェフは美味しいお料理を用意して私たちを待っていてくれるんです。私たちはみんな自分の世界で戦っていて、疲れ果ててここにたどり着く。空っぽになった体に、新しい力を注ぎこんでくれるのがシェフの料理なんです。そして、周りには自分と同じように頑張っている人がいる。だからここは居心地がいいんです」

私の言葉は、自分自身にも言い聞かせるようだった。

「奈々子さん。私、初めてここに来た時から、ずっとカウンターの奥に座る奈々子さんを見てきました。ねぇ、一人だって思わないでください。確かに私には奈々子さんの悲しみを共有できないし、ダンナさんとの思い出を語り合うこともできない。でも、誰もそばにいないなんて思わないでください。私は、私たちは、毎晩、病院のすぐ近くでダンナさんのことを思いつづけた奈々子さんをよく知っているんです」

「……そうです」

シェフも頷いた。

「奈々子さんは今夜、ここに来てくれたもの。自分でもちゃんとわかっているのよね」

堤さんも優しく奈々子さんの背中をさすった。

「たくさん泣いたんでしょう？　涙の分だけ、新しい水分が必要よ。待っていてね、何か温かい飲み物を用意してくるわ」

離れようとする堤さんに奈々子さんは縋《すが》りついた。

堤さんはそのままの姿勢で、もう一度奈々子さんの背中をさすった。

「初めて出会った時も、冷たい橋の上で泣いていたわよね。戦ってきたのはご主人だけじゃないわ。奈々子さんも一緒に戦ってきたの。ずっと、ずっと、頑張ったわね」

奈々子さんは堤さんに縋りついたまま、何度も頷いた。

これからも奈々子さんはここに通いつづけるにちがいない。

ここでシェフの料理を食べ、運命に立ち向かう勇気を身に纏い、これからも奈々子さんは進んでいくのだ。

その夜、倉庫に帰ると、玄関にまで爽《さわ》やかな香りが漂っていた。金田さんが私のバスソルトを使ったのだ。花粉症だと言っていたから、すっきりとするユーカリの精油入りを選んだのだろう。

金田さんはもう眠りについていて、奥の居住スペースは物音ひとつしない。

私は金田さんを気遣いながらお風呂場《ふろば》に行き、給湯ボタンを押した。そして、お湯が溜《た》まるのをしんとした台所の椅子に座って待った。

ふと顔を上げて、台所を見回す。

ここに金田さんの奥さんもいたんだな、と思った。

金田さんと一緒に出勤する若い社員たちを見送り、昼間はきっと寮のあちこちを掃除して、みんなが快適に過ごせるようにし、玄関先のミモザの木に水をやり、ここで金田さんのためにご飯を作って。

私の知らない、でも、金田さんにとってはとても大切な記憶がここにある。

奈々子さんも、彼女たちしか知らないご主人との素敵な思い出をたくさん抱えている。

シェフも、堤さんも、監物さんも、永倉さんだって、それぞれ、みんな大切な思い出や、大切な人を胸に抱いている。

そして、「ファミリーグリル・シリウス」を訪れるお客さんの一人一人も、誰かにとってかけがえのない大切な人で、それぞれがやっぱり大切な相手を思っている。

何だか、妙に人間が愛おしくなった。その気持ちを表すのが、仕事という場所なのかもしれない。少なくとも、城崎シェフや堤さんはそうだ。

お湯が溜まると、私もバスソルトを入れた。やわらかな湯気と香りに包まれ、深く息を吸いこんだ。

お風呂《ふろ》を出てゆっくり休んだら、永倉さんに言われたとおりに皮膚科に行ってみよう。

焦ることはない。ひとつひとつ、問題を解決しながら、生きていくしかない。

それはつまり前へ進むこと。進み続ける限り、大なり小なり問題はきっと現れる。今回、突然の脱毛が見つかったように。でも、その都度自分を労《いた》わっていくしかない。この体で、最後まで走り抜けなくてはいけないのだから。

ゆったりと浴槽に浸《つ》かる。自分の中から、今日一日のことがお湯に溶けだすように力が抜けていく。お湯に浸かったのも久しぶりだった。永倉さんが言っていたように、確かにこのところ、自分の限界を超えていたかもしれない。体が温まり、ふわふわと眠気が意識を霞《かす》ませていく。

ああ、今夜もよく眠れる。一階の電気を消した私は、「おやすみなさい」と金田さんの寝室に向かって呟き、裸足《はだし》で階段を上った。すっかり温まった足の裏に、階段の冷たさが心地よかった。

それから数日後、私は「キッチン常夜灯」を訪れた。

珍しくカウンターの手前に座っていた奈々子さんが、「こんばんは」と私に微笑んだ。カウンターはまばらに埋まっていて、私のお気に入りの中央にもすでに夫婦らしき先客があった。窓側のテーブル席にも客がいて、今夜はなかなかの賑《にぎ》わいである。

私は奈々子さんの隣に座ることにした。

彼女の前には、スープ皿ではなく細いグラスが置かれていた。

「何を飲んでいるんですか」

「ミモザですって。甘いお酒が飲みたいって言ったら、堤さんが作ってくれたの」

「ああ、いいですね。堤さん、私も」

ミモザはシャンパンとオレンジジュースのカクテルで、鮮やかなオレンジ色が見た目にも美しい。華やかな香りと甘い味わいが、一日の疲れをふっと遠くへ押しやってくれた。

「この前はごめんなさいね。みっともないところを見せてしまって」

奈々子さんは照れたように淡く微笑んだ。

「えっ、そんなことないです。……落ち着きました？　あ、ごめんなさい。そう簡単に落ち着くわけがないですよね」

私は無責任な発言に気づいて慌てて謝った。

奈々子さんは、これまでもご主人が入院するたびに何年もここに通ってきていたという。

ずっとずっと、案じてきたご主人が彼女のもとから消えてしまったのだ。

しかし、奈々子さんは微笑んだまま首を振った。

「嬉《うれ》しかった。みもざちゃんが、私と一緒にトリップを食べてくれて。だって、あの時、もうお腹がいっぱいだったんでしょう？　他のお料理を食べた後だったってシェフが驚いていたもの。それこそがみもざちゃんの優しさなのよね。みもざちゃんが帰った後、そんな話をしたのよ。みんな優しい。私の気持ちを受け止めようって、必死になってくれて、とっても嬉しかったの」

いつもひっそりとスープを飲んでいる奈々子さんは、きっと強い人なんだと思っていた。

でも、そんなはずはない。

以前、コンソメの話を聞いたではないか。野菜や肉、様々な旨《うま》みを凝縮したスープを濾《こ》して澄んだコンソメができあがるように、不安や寂しさ、悲しみの感情から純粋な愛情だけを取り出して、ご主人の前で接したいと。

それは、ご主人の命の限りを予感したからにほかならない。抑えきれない感情を鎮め、孤独を癒《いや》す場所が、奈々子さんにとっての「常夜灯」だったのだ。

朝になってここを出る時、奈々子さんもきっとご主人に接する時の鎧《よろい》をまとっていた。いや、私のような強固な鎧ではなく、奈々子さんの鎧は清らかなベールのようなものだったかもしれない。

そして、外での自分を脱ぎ捨て、素に戻ることができるのもこの「常夜灯」なのだ。

「トリップを食べたあの日、お葬式だったの。それまではずっと病院にいて、それからは葬儀場の安置室にいて、ずっと夫のそばにいたわ」

奈々子さんはミモザのグラスを指でなぞりながら言った。

「全部終わったら気が抜けちゃった。ああ、とうとう骨だけになっちゃったんだって思ったら、悲しくて、悔しくて、でも怖くて、誰かに会いたくなったの。そしたら、自然と足がここに向かっていた。ここはとても温かいから」

「そうですね。私も寒くて眠れないと、ここに来ていました」

奈々子さんの前にはグラスしか置かれていない。

「今日は何を召し上がったんですか」

「まだ」

「じゃあ、よかったら一緒に……」

私が黒板の「本日のスペシャリテ」を見ようと顔を上げると、奈々子さんはカウンターの私の手に触れ、そっと奥のほうを示した。

「見て。今夜のシェフ、とっても真剣にお料理をしているの。いいえ、いつも真剣なのだけど、ちょっと違うの。だからね、邪魔しちゃいけない気がして、こうしてお酒を飲みながら見守っていたのよ」

まさか。

私はそっと横を窺《うかが》った。

私から二席ほど隣に、落ち着いた雰囲気の女性客が座っている。年配だが、背もたれのないカウンターの椅子に姿勢よく座っていて、凜《りん》とした雰囲気がある。横から見える、鼻筋の通ったシャープな印象がシェフによく似ている。私が何度もここから眺めてきた、真剣に料理を盛りつける時のシェフの横顔だ。

時折、彼女は微笑んでカウンター越しのシェフを見つめ、朗らかに横の相手に語り掛ける。横の相手も同じくらいの年齢の素敵な紳士だった。

彼女たちの前には、受け皿の上に小ぶりの耐熱皿が載っている。店内に漂う濃厚なミルクの香りに、先日食べたタラとアンディーブのグラタンだとわかった。シェフが働いた、バスク地方のレストランでも人気だったという料理だ。

「シェフのお母さんだと思います」

私は声をひそめて奈々子さんに伝えた。

シェフがメニューに悩んでいたことを話すと、奈々子さんは納得したように頷《うなず》き、そして小さく笑った。

「そう、久しぶりのご対面なのね。どうりでシェフ、ちょっとぎこちないと思ったわ。きっと照れているのね」

「でしょうね。意外とシェフ、シャイですもんね」

私たちはふふっと笑い合った。

母親の目の前で料理を仕上げるシェフは、いったいどんな気持ちだろうか。

幼い頃、母親恋しさに一人ぼっちでキッチンに立っていたシェフが、今はお客さんの前で、人を喜ばせる料理を作っている。母親だけのためだった料理が、私たちの明日への糧となっている。

「コース料理の予約って言っていましたけど、けっきょくシェフは何を用意したんでしょう。頭を悩ませていたから、スペシャリテを組み合わせればいい、なんてアドバイスしたんですけど、そう簡単ではないですよね」

けっきょく、料理の内容は知らないままだ。

「私、最初から見ていましたよ」

「えっ」

　奈々子さんはにっこり笑う。

「いつもカウンターの奥から、皆さんのお料理をこっそり眺めるのが私の楽しみでしたから。いつか夫とここに来る自分を勝手に想像していたんです。……スペシャリテ、うん。そうかもしれません」

　奈々子さんは指を折りながら、シェフが母親に出したお料理を教えてくれた。

「アミューズはピンチョス風にしたイワシのマリネ、スープは、エスプレッソ用の小さなカップで三種類でした。コンソメ、ホワイトアスパラのポタージュ、ガルビュール。前菜は鮮やかな春野菜のテリーヌ……」

「そして、今はお魚料理、タラのグラタンですね。私、先日いただいたんです。すごく美味《おい》しかった」

「あら、じゃあ、私も今夜いただこうかな」

「私は春野菜のテリーヌが食べたいです。あと、ガルビュールも」

「いいですね。ガルビュール、本当に美味しかった。シェフ、わざわざ毎日違うスープを用意してくれていたんですよね。希望の見えない私の日々に、楽しみを与えてくれたんです。でも……」

奈々子さんは顔を上げて、厨房《ちゅうぼう》のシェフを見つめた。

「これからは、もっといろんなシェフのお料理を食べたい……」

「みんな美味しくて、ここに通うのが、ますます楽しみになりますよ」

奈々子さんはシェフの動きを目で追いながら微笑んだ。

「そうね。これまでは、私だけが美味しいものを食べることに罪悪感があったの。でも、楽しまなくっちゃね。生きているんだもの。生きていかなきゃいけないんだもの」

その言葉には、奈々子さんの決意が込められているような気がした。

奈々子さんが「美味しい」と微笑む姿を、きっとご主人はすぐ近くで見守っているに違いない。ここは、奈々子さんが彼を連れて来たかった場所なのだから。

そして今、シェフのすぐ目の前には母親がいる。

奈々子さんが教えてくれたコース料理の内容は、壁の黒板に書かれていたシェフのスペシャリテばかりだった。その中から、母親に食べさせたいものを組み合わせたに違いない。

野菜、肉、魚、その骨や内臓、そしてハムやソーセージのかけら。

あらゆるものから旨みを引き出し、何ひとつ無駄にすることはないと、私はここで城崎シェフから教えてもらった。飲食店で働く私でも知らない知識を、シェフはたくさん持っていた。このこぢんまりとした「常夜灯」だからこそ、そういう交流ができるのだ。

「ねぇ、シェフ。これ、チコリーでしょう。こうやってグラタンにするのは、現地では当たり前なの？」

不意に、母親がシェフに質問をした。年齢の割によく通る声だった。そういえば、ゴッドマザーと呼ばれているとシェフが言っていた。彼女は今なお現役で会社を引っ張っているのだ。

「……フランスでは冬の定番料理です。アンディーブのほろ苦さと、ソーセージやバター、チーズの塩気がよく合います」

「確かにそうね。サラダくらいしか発想がなかったわ。ありがとう、美味しいわ」

彼女はにっこりと微笑む。

シェフの表情もほっとしているように見えた。

お肉料理は、仔羊《こひつじ》モモ肉のローストだった。きっとやわらかく、食べやすい料理を選んだのだろう。ハーブソースの爽《さわ》やかなタイムの香りがここまで漂ってきた。

「いい匂い。私たちもそろそろ注文しましょうか」

奈々子さんが言い、私たちは堤さんを呼んだ。

野菜のテリーヌふたつと、奈々子さんはタラのグラタン、私はガルビュールとバゲット。

「今夜はこの時間から賑《にぎ》わっていますね」

「そうなの。でも、そのほうがシェフも気が楽よね。夕方からずっとソワソワしていたもの。それに、こういう雰囲気を見てもらえて嬉《うれ》しいと思うわ」

「そうですね。静かな『常夜灯』もいいですけど、人と人とのざわめきが聞こえる『常夜灯』も素敵です」

「お肉が出たら、次はデセールね。シェフがとっておきを仕込んでいたわ」

堤さんは楽しそうに微笑んだ。

シェフはテーブル席の次の料理と私たちの注文を着実に仕上げていく。迷いのない動きは見ていても気持ちがよく、私と奈々子さんは今夜もうっとりとその姿に見入った。

しかし、それは私だけではなかった。

シェフの母親も息子の姿をじっと見つめていた。その真剣なまなざしは、食材を見つめるシェフによく似ていた。けれどひとつだけ違うのは、彼女の口元には常に微笑みがあったことだ。

シェフは次々に注文の料理を仕上げ、堤さんがそれぞれのお客さんに運ぶ。

私たちの前にも鮮やかな野菜のテリーヌが置かれ、その帰りに堤さんはシェフの母親が食べ終えたメインの皿を下げた。

シェフが用意した、とっておきのデセールとはいったい何だろうか。

私と奈々子さんはテリーヌを食べながら、シェフが仕上げるデセールの完成を心待ちにしていた。

堤さんが食後のコーヒーの用意をしていて、そちらからもいい香りが漂ってくる。

シェフが皿を持って母親の前に来た。いよいよデセールである。

「お待たせいたしました。クレームカラメルです」

クレームカラメル！　プリンだ！

カウンターに置かれた少し深めの皿。たっぷりのカラメルソースの中にケーキのように切り分けられたプリンが浮いている。

「横に添えているのは胡桃《くるみ》のジェラートです」

「まぁ……」

シェフの母親はじっとプリンを見つめていた。

「……覚えていますか」

「もちろん、覚えているわよ」

「あなたが、唯一食べてくれた私の料理です」

「唯一ってことはないわ」

「でも、ろくに食べてくれなかった。どれだけ心配したか」

「小さな子供に心配かけて、ダメな母親だったわね」

「プリンだけは完食でした」

「美味しかったんですもの」

ふふっと母親が笑い、「どういうことだい？」と横の男性が面白そうに訊《たず》ねた。

きっと彼が母親の再婚相手なのだろう。

「夫が亡くなった後、どれだけ大変だったか、あなたもよく知っているわよね」

「すぐ近くで仕事をしていたからね。昔ながらの会社の番頭のようなものだった。経営状況もよく知っていたよ。正直、畳むしかないとも思った」

「でしょう。でも、私はそうしたくなかった。夫の残したものも、家族も、そして自分も、全部守りたかった。無理だったわ。息子を守れたのは経済的な部分だけ。息子が私のために料理を作ってくれていたのも知っていたわ。ずっと小さい時、待ちくたびれてキッチンで眠ってしまっていたの。その姿を見て、私、何やっているんだろうって思ったけど、でも、今頑張らないでどうするんだって心を鬼にしたのよ。ごめんね、ごめんねって思いながら、その日はすっかり冷めたお味噌汁《みそしる》を飲んだわ」

「ああ、それは昔話してくれたね。君はいつも恵くんのことを案じていた」

母親はカウンター越しにシェフを見上げた。

「それから数年後よ。深夜に帰ったら、冷蔵庫にプリンが入っていたの。お菓子は初めてだった。あまりにも美味《おい》しそうで、ペロリとふたつも食べちゃったのよ」

「……朝起きたら、あなたはもう家を出た後だった。てっきり帰っていないのかと思いましたが、プリンがなくなっていた。しかもふたつも。美味しかったんだなって、私はとても嬉しかった。家庭科の調理実習で教わりました。それで、あなたにも食べさせたいと思ったんです。甘い物なら夜中でも食べやすいのではないかと」

「……調理実習。私、あなたが学校でどんなことを学んでいるのかも知らなかったわね」

「それどころじゃなかったでしょう」

母親はじっとシェフを見つめていた。

「こんな母親でも、あなたは一人でちゃんと大きくなってくれた。ずっと謝りたかったのよ。寂しい思いをさせてごめんなさいって」

「母親があなただったから、私は早くに精神的な自立ができたと思っています。経済面では何不自由なく育ててもらった。東京に出て料理を学び、おかげで一流レストランで経験を積むこともできた。あなたが海外にも飛び出したから、私もフランスに行くことに恐れを感じなかった。自分の選んだ道に活《い》かせるなら、何でも吸収したいと思った」

「恵……」

「失礼しました。ジェラートが溶けてしまいます」

こんな時でもシェフの声は淡々としていた。

プリンにスプーンを入れる母親を見守りながらシェフは続けた。

「社会に出て、私も色々と学びました。憧《あこが》れを抱いて入ったレストランでは、理想だけで生きられないことも思い知った。そんな経験を重ねて、今はあなたの生き方が理解できるのです。たとえ何かを犠牲にしても、自分の生き方を貫くあなたを、私は誇りに思っています」

プリンにスプーンを入れた母親の手が止まった。

「……私こそ。私こそ、私のような母親をそんなふうに言ってくれるあなたが誇りだわ」

「いいから、食べて下さい」

「真夜中にお店を開いていると知って、すぐに思ったわ。子供の頃、一人で私の帰りを待つ夜はどれだけ心細かっただろうって。あの頃の気持ちをきっと今も忘れていないんだろうって。だから来たのよ。ここで恵の料理を食べないといけないと思ったの。ちゃんと目の前で温かい料理を食べて、美味しいって言わなくてはいけないって思ったの」

「……今日のお料理はいかがでしたか」

「どれも美味しかったわ。とてもね」

「クレームカラメルも？」

「プリンでしょう。もちろん美味しいわ」

シェフは口をつぐんだ。

でも、私も、奈々子さんもその顔をよく知っていた。

美味しいと言われた時の、はにかむようなわずかな笑みが今もシェフの口元に浮かんでいた。

「……自慢の息子だわ。たとえまったく違う生き方をしてきたとしても、あなたは紛れもなく自慢の息子、一流の料理人よ」

「……私は、いつもあなたの背中を追いかけていましたよ」

「恵……」

母親はとうとうこらえきれずに両手で顔を覆った。

そっと横の男性がその背中に手をまわす。

しばらくの間、シェフはそのまま動かなかった。決意したように顔を上げる。

「……私も知らせなくてはいけないことがあるんです」

シェフは厨房《ちゅうぼう》の奥へ向かうと、すぐに戻ってきた。すっと何かをカウンターに置く。

「これを……」

「あら」

顔を上げた母親は、それを手に取った。一枚の写真だった。

「……フランスにいる息子です。今年、六つになります」

「え？　まぁ！」

「私は、彼にとって自慢の父親でいてやりたい」

「まぁ！　まぁ！」

彼女は感極まった声を上げた。私と奈々子さんは顔を見合わせた。

シェフに息子？　しかもフランス？

突然飛び出した新事実に思考が追いつかない。

そこで監物さんの言葉を思い出した。

ああ、シェフは、フランスに彼女を置いてきたのだった……。

「恵！　おめでたいことだわ。お相手はずっとフランスなの？　日本に来る気はないの？　ぜひお会いしたいわ」

すっかり母親は興奮している。

私と奈々子さんはいつの間にかカウンターの下でがっしりと手を取り合っていた。

シェフに息子がいてもまったく不思議はないのだが、取り澄ましたシェフと息子がどうしても結びつかない。

しかし母親とは正反対に、シェフはどこまでも冷静だった。

「……息子には違いありませんが、彼にはフランスに別の父親がいます。この店を開くために帰国した時、私は恋人と別れ、彼女を置いてきました。その時はまさかお腹に子供がいるとは思わなかった。彼女もあえて言わなかったのかもしれません。その後、彼女から別の男性と結婚したと知らせをもらいました。もちろん彼は息子のことも承知の上です。だから私は確信しました。彼は彼女を心から愛し、息子のことも自分の息子のように愛してくれる素晴らしい男性だと。きっと彼女たちに寂しい思いはさせないだろうと安心したんです」

「恵……」

母親が呟《つぶや》き、私と奈々子さんは無言でカウンターの下で握り合った手に力を込めた。

「一度だけ、彼女は日本に来たことがあるんです。夫に言われたそうです。息子に日本を見せてやったらどうかと。彼女は息子を連れてここにやってきました。私だって一目でいいから息子に会いたかった。たとえ彼が私を父親だと知らなくても、会ってみたかったんです」

シェフはカウンターの写真を愛おしそうに指で撫《な》でた。

「嬉《うれ》しかったですね。幼い息子は日本旅行にはしゃいでいました。それはもう可愛かった。覚えたばかりの日本料理、味噌汁を飲みたいと母親にせがんで。彼女がいくらここはビストロだと言っても、頑固なんです。味噌汁《みそしる》、味噌汁って」

「……あなたも子供の頃から頑固だったわ。絶対に自分の信念を曲げなかった」

母親が小さく笑った。

堤さんは、すっかり冷めた母親のコーヒーを新しいものに取り換えながら、話に加わった。

「本当に可愛い子でしたよ。私、急いで材料を買いに行ったんです。せっかく日本に来てくれたんですもの。美味しい味噌汁を飲ませてあげたいじゃないですか。それで、シェフに作ってもらったんです」

「まさか自分が開いたビストロで味噌汁を作るとは思いませんでした。でも、息子は大喜びで、その時の笑顔が今も忘れられません」

「ずっと忘れてはだめよ。愛しい者の笑顔はいつまでもあなたの励みになるわ。私も小さい頃のあなたの笑顔をいつまでも守りつづけたいと思って、お父さんの仕事を引き継ぐ決意をしたんですもの。それが、何よりも大きな力になったのよ」

「今も？」

「しっかり覚えているわよ」

「……忘れて下さい。もういい大人ですから」

「だめよ。忘れないわ」

いつしか店内に残った客は、私と奈々子さんだけになっていた。

シェフの母親たちは、今夜は水道橋駅前のホテルに宿泊し、明日は商談のために大阪に向かうという。きっとこれからもシェフは母親の背中を追いつづけるのだろう。料理という彼女とはまったく別の道で。

私はシェフに言った。

「シェフ、私と奈々子さんも、お子さんの写真が見たいです。見せて下さい」

とたんにシェフの耳が赤くなった。

「……話も全部聞こえましたよね」

「聞こえていました。素敵なお母様ですね。私たち、ずっと見ていましたよ。お母様、とっても美味《おい》しそうにシェフのお料理を召し上がっていました」

十年ぶりの親子の会話である。気が咎《とが》めたが、この距離ではすっかり聞こえてしまった。何せ小さなビストロのカウンター席である。

シェフは恥ずかしそうに視線を逸《そ》らしたが、表情はどこか晴れ晴れしたように明るかった。

「やっと食べてもらうことができましたね。しかもフルコース」

「フルコースではありませんが、何というか、ずっと心の底にあった塊がすっと解《ほど》けたような気持ちはあります」

「よかったじゃないですか。というわけで、ぜひ、写真を」

「困ります」

「困るって、減る物じゃないでしょう」

「……減りそうな気がします。手の届かないところにある、大切なものですから」

私は奈々子さんと顔を見合わせた。

しかし、すぐ後ろから堤さんが「天使みたいに可愛いのよ」とうっとりした声を上げる。

「写真は赤ん坊の頃のものですからね」

シェフが目を細めた。

そういえば、堤さんはずっとシェフに息子がいることを知っていたのだ。まぁ、これまでわざわざ知らせるきっかけもなかったけれど、何だかしっくりこない。

その時、私と奈々子さんの前にプリンの皿が置かれた。

「どうぞ、私からお二人に」

「えっ」

「まさか、これで写真は諦《あきら》めろと？」

「今回のクレームカラメルは上出来なんです。ぜひお二人に召し上がっていただければと。残念ながら、今夜はもうお客様はいらっしゃいませんし」

私は苦笑した。

どうやらシェフは宝物を私たちに見せる気はないらしい。

「そうですね、朝になればお味噌汁ですもんね」

「そう。愛情たっぷりの味噌汁です」

「具は」

「今朝はイワシのつみれ汁です」

きっとアミューズのマリネのために仕入れたイワシで作ったのだろう。

「美味しそう。私、朝までいます！」

奈々子さんが目を輝かせた。

もちろん私もそのつもりだった。

エピローグ

カァカァとカラスが鳴いている。

水道橋に朝がきた。

南のほうは梅雨入りしたというが、今朝の東京の空はすっきりと晴れ渡っている。

午前七時の閉店まで「キッチン常夜灯」にいた私は、ホールの片づけを終えた堤さんと一緒に店を出た。

シェフはまだ厨房《ちゅうぼう》を念入りに磨いていた。

堤さんは「また今夜ね。おつかれさま」とシェフに手を振り、シェフも「おつかれさま」と言った後、私に「ありがとうございました」と微笑んだ。

朝の常連は高齢のお客さんが多い。どっと押し寄せて波が引くようにさぁっと店を出ていく彼らに、味噌汁とおにぎりを振る舞った後のシェフは、夜とはちょっと違った表情を見せる。

それは、「シリウス」で働く私が、閉店間際に疲れ切って表情筋が緩んだ顔になるのと同じかもしれないし、味噌汁の向こう側にある大切な人を思い出しているからなのかもしれない。いずれにせよ、一晩の仕事を終えた充足感も大きいにちがいない。

私の一日はこれから始まり、シェフや堤さんの一日はここでいったん終わるのだ。

朝七時とはいえ、街は完全に動きはじめている。学生、会社員は駅に向かい、あるいは駅から出てきて、ジョギングをする人、犬の散歩をする夫婦、行き交う車、思ったよりもずっと朝の水道橋周辺は賑《にぎ》やかだ。

「この時間、私はまだベッドの中です。店に行くのは九時過ぎだからギリギリまで起きません」

「みもざちゃんは夜遅いものね。でも、以前よりも眠れるようになってよかったわ」

「鎧《よろい》の脱ぎ方がわかってきたんです」

「鎧？」

「喩《たと》えなんですけどね、私、『店長』っていう『鎧』を着せられて仕事をしていたんです。責任とかプレッシャーとかいろんなものを身に纏《まと》わされて、役職がない時よりもずっと身動きがとりにくくなっていた。そのせいで仕事も楽しくないし、同じ店の仲間も信頼できなくなっていたんです」

「まぁ、その喩えはわからなくもないわ」

堤さんは小さく笑って、朝の空を見上げた。

「私も一年間はずっと息苦しかったもの」

「でも、堤さんと城崎シェフに出会って、私、わかりました。マニュアルに縛られるチェーン店と個人店の違いはありますけど、私、お客さんをもてなす気持ちを置き去りにしていたんです」

「どういうこと？」

「これまでの私は、お客さんを恐れていた。どっと押し寄せてきて、時にはわがままな注文をしたり、クレームを言ったり。だから鎧が必要だったんです。でも、堤さんやシェフは、お客さんと接することを楽しんでいますよね。だからもてなすということが自然とできている。シェフなんて、お客さんすべてを『大切な人』と思ってお料理を作っているんですもん。さすがに私はまだそこまでなれませんけど」

「力の抜き方がわかってきたってことね。私も監物さんやケイとお店をやるまでは、ここまで楽しめていなかったもの。それこそ、経験なのかもしれないわね。仕事としてではなく、生き方としてこの道を掴《つか》めたような気がしているの」

「……私もそうなりたいです。肩の力を抜けるようになったら、自然と頭の緊張もほぐれてきたんです」

今では眠れぬ夜に怯《おび》えることもない。

「店長として、一歩成長したわけか。そうね、そうやって、だんだん店長らしくなっていくのかもしれないわね。……ところで、倉庫に帰らないの？」

私が暮らす、かつて会社の寮だった倉庫は「キッチン常夜灯」の裏通りである。しかし、今は堤さんと一緒に坂を下って、白山通りを後楽園駅のほうへと歩いている。

「堤さんと歩きたかったんです」

私が笑うと、堤さんは「可愛いことというわねぇ」と笑った。堤さんの家は丸《まる》ノ内《うち》線で池袋方面だという。仕事を終えた朝は、散歩がてら白山通りを歩くのが日課だそうだ。確かに横は遊園地で景観としては悪くない。

「それにしても、まさかシェフがあのマンションに住んでいるとは思いませんでした」

あのマンションとは「常夜灯」が入っている古い建物である。私は「常夜灯」だけでなく、シェフともご近所さんだったわけだ。

「何せ古いマンションだからね。住んでいるのも昔からのお年寄りが多いみたい。ケイったらずっとチェックしていて、空き部屋が出た時にすぐ入居したのよ。ほら、だんだん住む人がいなくなって、マンションが取り壊しなんてことになったら、『常夜灯』だって困るでしょ。守りたい場所だもの」

シェフらしいと思った。自分の大切なものを何が何でも守るという、芯《しん》の通った生き方をしている。

「ところで、みもざちゃん。引っ越しはいつ？」

「来週です」

私は来週、曳舟のマンションに戻ることに決めた。

火事から五ヵ月が経ち、ようやく部屋の原状復帰工事が終了したのだ。

だからこそ、よけいに堤さんと少しでも長く話していたかった。

「引っ越しといっても、ほとんど身ひとつなんですけどね」

家財保険も無事に審査が通り、工事を終えた部屋では、また何もかも買い揃えなくてはならない。大変な作業でもあるけれど、それは少し心が躍ることでもあった。新しい自分をまた始められそうな気がするからだ。

「正直に言うと、迷ったのも確かなんです」

「倉庫の管理人さんともいい関係だったみたいだもんね」

「それだけじゃありません。いつでも『常夜灯』に行けますから。私にとって、本当に心強い支えでした。でも、会社の特例にいつまでも甘えているわけにはいきませんし、さすがにこのあたりに引っ越すのも今の私には無理ですから」

それに、曳舟の大家さんも、親身になって私を案じてくれるいい人なのだ。今回の火事でそれを思い知った。

使い物にならなくなった家財の撤去、保険の手続きのサポートや、その後の工事。火事以来、私に不便をかけていることを常に心配してくれていた。私が曳舟のマンションに住みつづけると信じて疑わなかったのだ。

工事が終わってから私は何度か曳舟に通い、大家さんとも会い、必要な家電をいくつか購入した。その時、またあのスウェットの男に遭遇した。本当に昼間から何をやっている男なのだと思った。しかし、考えてみればサービス業の私も平日に休みをとっている。

スウェット男は私を見ると、気だるげだった顔に満面の笑みを浮かべた。

「やっと帰ってくるんすね。おかえりなさい！」と。

後で大家さんに聞くと、スウェット男はパチンコ店で働いているらしい。きっと閉店時間は私の職場よりも遅い。夜中に帰宅した時に、いつも私の部屋の明かりがついているのを見て、無意識に励まされていたのかもしれない。

周りが寝静まった頃に帰宅する寂しさは私もよくわかっている。他人ばかりが住むマンションでも、人知れず支え合っていることもあるのだ。

スウェット男の嬉《うれ》しそうな顔を思い出してにやけていると、堤さんが不思議そうな顔をした。

「みもざちゃん。どうしたの？」

「何でもありません」

「それにしても寂しくなるわねぇ」

「今まではどは無理でも、また来ますよ。だって『常夜灯』は真夜中でも安心して食事ができますもん」

「そうね。いつでも待っている」

「引っ越し前に、お願いしたいことがあります。私もお料理の予約をしたいんです。シェフ、作ってくれるかな？」

「何が食べたいの？」

堤さんは面白そうに私の顔を覗《のぞ》き込んだ。

そして、メニューを聞くと大きく頷《うなず》いた。

「かしこまりました。大丈夫、ちゃんとお願いしておくわ。だって、ウチのシェフは味噌汁《みそしる》に塩むすびだって作っちゃうんですもの」

「楽しみにしています」

私は堤さんと別れると、東京ドームの外周を回って再び水道橋方面へと歩きはじめた。

すっかり見慣れたこの景色もそろそろ見納めだ。私はまたスカイツリーを臨む下町へと戻っていく。でも、私にとって、今やどちらの風景も懐かしく心に刻まれている。

本来あるべき場所に戻るだけだと、私は自分に言い聞かせた。

引っ越しの前夜、私は金田さんと「キッチン常夜灯」を訪れた。前から一緒に来たいと思っていたけれど、なかなか果たせなかったのだ。普段は夕食が早い金田さんも、最後だからと、私に付き合ってくれた。

倉庫から「常夜灯」までは五分とかからない。真夜中でも真っ暗にはならない東京の夜の路地にぼんやりと看板の明かりが見えた。ステンドグラスから漏れる光が植え込みの葉を赤や緑に淡く染めている。

「ああ、そうそう、こうだった、こうだった。本当にちゃんとあったんだねぇ」

「そう簡単になくなりませんよ、このお店」

「そっか。僕が来なかっただけか」

扉を開くといつものように「いらっしゃいませ」と堤さんが通路の奥から迎えにきた。

「お待ちしておりました」

店内に染みついた美味《おい》しそうな香りに、金田さんがごくりと喉《のど》を鳴らした。

「いらっしゃいませ」

カウンターの中でシェフがにこりと笑い、私たちはカウンターの真ん中に座った。

「さっそくご用意してよろしいですか」

シェフの言葉に、私は「お願いします」と答える。飲み物ももう決まっている。

「ミモザをふたつ」

「ミモザ？」

金田さんはカクテルには詳しくないようだった。

「シャンパンをオレンジジュースで割った、フランス発祥のカクテルです。倉庫の玄関先にあるミモザと同じ色だから、この名前がついたんです」

「ああ、なるほど。みもざちゃんと同じ名前のカクテルなんだね」

「カクテルには、それぞれ花言葉ならぬカクテル言葉っていうのがあるんですよ。ちなみにミモザは『真心』です。金田さん、これまでお世話になりました。金田さんは同じ会社の社員というだけの私を、親身になって心配してくれました。住まいを失って心細かった私がどれだけ救われたことか」

この数か月、私は金田さんの真心に助けられてきた。

たとえすれ違いの日々でも、私たちの暮らす倉庫で感じる金田さんの気配に、どれだけ私が癒《いや》されてきたかわからない。

「や、改まってそんなこと言われると、照れちゃうよ。僕だって、久しぶりに楽しかったんだ。ほら、昔は寮で賑《にぎ》やかだっただろ？　それが今では広い建物に一人だからね。人の気配があるだけで、なんかさ、ほっとするんだよ。だから僕も、ありがとう、みもざちゃん」

私が考えてきたことと同じようなことを金田さんが言う。

危うく涙が出そうになった。案じる相手がいることは気持ちを満たしてくれる。それを私は金田さんと、ここ「常夜灯」で教えられた。あのまま曳舟のマンションで、一人で暮らしていたら気づけなかったかもしれない。

厨房《ちゅうぼう》を見ると、シェフがオーブンを開けていた。ベシャメルソースのクリーミーでコクのある香りが漂ってくる。

「金田さん、私、シェフにお願いしておきましたよ。また食べたいって言っていたでしょう？」

「え？」

「お待たせいたしました。帆立貝のコキールグラタンです」

「あっ」

「今夜は特別大きな帆立が手に入りました。熱いうちにどうぞ」

シェフに促され、金田さんは真っ白なソースにスプーンを入れた。

「うわ、本当だ。真ん中に大きな帆立がそのまま入っている。昔食べたものよりすごいよ」

感激した金田さんを見て、シェフの口元が綻《ほころ》ぶ。

「きっと、ナイフを使ったほうが食べやすいかと思います」

次は私の料理だ。

「みもざさんには、ハンバーグステーキを」

「……すみません、ハンバーグが食べたいなんて言って。どうしてもシェフが作るビストロメニューのハンバーグが食べてみたかったんです」

そして「シリウス」のハンバーグと比べてみたかった。本当はドリアでも、グラタンでもよかった。もちろん使っている素材が違う。だけど「本物」の味を知ることで、目指す味を見つけることができそうな気がした。

そして。

私は今、新たな目標を見つけていた。

「みもざちゃん。あんまり無理しすぎないでね。みもざちゃんは頑張りすぎるからなぁ。そこがいいところなんだけどね」

堤さんが横から私の顔を覗き込んだ。

きっと以前話した耳の後ろの脱毛を気にしてくれているのだ。永倉さんに言われたとおりに病院にも通い、なんだかんだと店でも気を遣ってもらったおかげで、あれ以上はひどくならず、少しずつ回復に向かっている。

「とはいえ、今はまだ私にとって頑張り時ですから」

「みもざちゃんは、本当によく頑張っているんですよ。浅草店の売上規模はなかなかなんです」

帆立を頬張りながら、金田さんが言った。

「今はまだ浅草雷門通り店で頑張りますよ」

私が笑うと、金田さんは「まだ？」と首を傾げた。

シェフも、堤さんも私を見ていた。

「神保町の一号店の店長を目指したいと思います。旗艦店ですから、今の店長はベテランの男性社員ですけどね。でも、いつかそこの店長になるために、今は浅草でもっと経験を積もうと思うんです。お客さんに喜んでもらえることを探していきたいんです」

「神保町なら、本社にも倉庫にも近いね」

金田さんが顔を輝かせた。

「そうです、『常夜灯』にも近いんです。それが今の私の目標なんです」

「ハンバーグが焼けました」

「いただきます！」

つやつやと輝くデミグラスソースがたっぷりかかった厚みのあるハンバーグに、私はさっそくナイフを入れた。澄んだ肉汁が溢《あふ》れ、口に入れるとふっくらとやわらかい。てっきり牛肉百パーセントのハンバーグが出てくるのかと思っていたが合い挽肉《びき》だ。

「牛肉百パーセントを謳《うた》うのなら別ですが、ハンバーグはジューシーなほうが好まれます。それには合い挽肉がいい。きっとみもざさんの店のパテもそうでしょう？」

「そうです」

「確かパテは店で仕込んでいるわけではないのですよね。だったら、みもざさんたちにできるのは美味しく焼くことだけです。そのためには……」

私の考えなどシェフにはすっかりお見通しのようだった。まずは、今の浅草雷門通り店で、お客さんに喜んでもらえるように努力をする。

シェフは何事にも丁寧に、丁寧に取り組んでいく。

私はシェフの言葉に耳を傾けた。今の私にできることを、ただひたむきに頑張ろう。いずれたどり着く、自分にとっての最高の居場所を目指して。

本書は書き下ろしです。

キッチン常夜灯《じようやとう》

長月天音《ながつきあまね》

令和5年 9月25日　初版発行
令和6年 11月15日　9版発行

発行者●山下直久

発行●株式会社KADOKAWA
〒102-8177　東京都千代田区富士見2-13-3
電話　0570-002-301（ナビダイヤル）

角川文庫 23817

印刷所●株式会社KADOKAWA
製本所●株式会社KADOKAWA

表紙画●和田三造

●お問い合わせ
https://www.kadokawa.co.jp/（「お問い合わせ」へお進みください）
※内容によっては、お答えできない場合があります。
※サポートは日本国内のみとさせていただきます。
※Japanese text only

ISBN 978-4-04-113987-5　C0193

◆◇◇

角川文庫発刊に際して

角川源義

第二次世界大戦の敗北は、軍事力の敗北であった以上に、私たちの若い文化力の敗退であった。私たちの文化が戦争に対して如何に無力であり、単なるあだ花に過ぎなかったかを、私たちは身を以て体験し痛感した。西洋近代文化の摂取にとって、明治以後八十年の歳月は決して短かすぎたとは言えない。にもかかわらず、近代文化の伝統を確立し、自由な批判と柔軟な良識に富む文化層として自らを形成することに私たちは失敗して来た。そしてこれは、各層への文化の普及滲透を任務とする出版人の責任でもあった。

一九四五年以来、私たちは再び振出しに戻り、第一歩から踏み出すことを余儀なくされた。これは大きな不幸ではあるが、反面、これまでの混沌・未熟・歪曲の中にあった我が国の文化に秩序と確たる基礎を齎らすためには絶好の機会でもある。角川書店は、このような祖国の文化的危機にあたり、微力をも顧みず再建の礎石たるべき抱負と決意とをもって出発したが、ここに創立以来の念願を果すべく角川文庫を発刊する。これまで刊行されたあらゆる全集叢書文庫類の長所と短所とを検討し、古今東西の不朽の典籍を、良心的編集のもとに、廉価に、そして書架にふさわしい美本として、多くのひとびとに提供しようとする。しかし私たちは徒らに百科全書的な知識のジレッタントを作ることを目的とせず、あくまで祖国の文化に秩序と再建への道を示し、この文庫を角川書店の栄ある事業として、今後永久に継続発展せしめ、学芸と教養との殿堂として大成せんことを期したい。多くの読書子の愛情ある忠言と支持とによって、この希望と抱負とを完遂せしめられんことを願う。

一九四九年五月三日

角川文庫ベストセラー

マタタビ潔子の猫魂　朱野帰子

地味な派遣OL・潔子は、困った先輩や上司に悩まされる日々。実は彼らには、謎の憑き物が！『わたし、定時で帰ります。』著者のデビュー作にしてダ・ヴィンチ文学賞大賞受賞の痛快エンターテインメント。

向日葵のある台所　秋川滝美

学芸員の麻有子は、東京の郊外で中学2年生の娘とともに暮らしていた。しかし、姉からの電話によって、その生活が崩されることに……「家族」とは何なのか、改めて考えさせられる著者渾身の衝撃作！

ひとり旅日和　秋川滝美

人見知りの日和は、仕事場でも怒られてばかり。社長から気晴らしに旅へ出ることを勧められる。最初は尻込みしていたが、先輩の後押しもあり、日帰りができる熱海へ。そこから旅の魅力にはまっていき……。

おうちごはん修業中！　秋川滝美

営業一筋の和紗は仕事漬けの毎日。同期の村越と張り合い、柿本課長にひそかに片想いしながら、外食三昧の暮らしをしていると、34歳にしてメタボ予備軍に！　健康のために自炊を決意するけれど……。

落下する夕方　江國香織

別れた恋人の新しい恋人が、突然乗り込んできて、同居をはじめた。梨果にとって、いとおしいのは健悟なのに、彼は新しい恋人に会いにやってくる。新世代のスピリッツと空気感溢れる、リリカル・ストーリー。

角川文庫ベストセラー

泣かない子供　江國香織

子供から少女へ、少女から女へ……時を飛び越えて浮かんでは留まる遠近の記憶、あやふやに揺れる季節の中でも変わらぬ周囲へのまなざし。こだわりの時間を柔らかに、せつなく描いたエッセイ集。

冷静と情熱のあいだ　Rosso　江國香織

2000年5月25日ミラノのドゥオモで再会を約したかつての恋人たち。江國香織、辻仁成が同じ物語をそれぞれ女の視点、男の視点で描く甘く切ない恋愛小説。

泣く大人　江國香織

夫、愛犬、男友達、旅、本にまつわる思い……刻一刻と姿を変える、さざなみのような日々の生活の積み重ねを、簡潔な洗練を重ねた文章で綴る。大人がほっとできるような、上質のエッセイ集。

はだかんぼうたち　江國香織

9歳年下の鯖崎と付き合う桃。母の和枝を急に亡くした、桃の親友の響子。桃がいながらも響子に接近する鯖崎……〝誰かを求める〟思いにあまりに素直な男女たち＝〝はだかんぼうたち〟のたどり着く地とは――。

夜明けの縁をさ迷う人々　小川洋子

静かで硬質な筆致のなかに、冴え冴えとした官能性やフェティシズム、そして深い喪失感がただよう――。小川洋子の粋がつまった粒ぞろいの佳品を収録する極上のナイン・ストーリーズ！

角川文庫ベストセラー

不時着する流星たち　小川洋子

世界のはしっこでそっと異彩を放つ人々をモチーフに、現実と虚構のあわいを、ほんのり哀しく、滑稽で愛おしい共感の目でとらえた豊穣な物語世界。バラエティ豊かな記憶、手触り、痕跡を結晶化した全10篇。

ドミノ　恩田　陸

一億の契約書を待つ生保会社のオフィス。下剤を盛られた子役の麻里花。推理力を競い合う大学生。別れを画策する青年実業家。昼下がりの東京駅、見知らぬ者同士がすれ違うその一瞬、運命のドミノが倒れてゆく！

ユージニア　恩田　陸

あの夏、白い百日紅の記憶。死の使いは、静かに街を滅ぼした。旧家で起きた、大量毒殺事件。未解決となったあの事件、真相はいったいどこにあったのだろうか。数々の証言で浮かび上がる、犯人の像は――。

チョコレートコスモス　恩田　陸

無名劇団に現れた一人の少女。天性の勘で役を演じる飛鳥の才能は周囲を圧倒する。いっぽう若き女優響子は、とある舞台への出演を切望していた。開催された奇妙なオーディション、二つの才能がぶつかりあう！

メガロマニア　恩田　陸

いない。誰もいない。ここにはもう誰もいない。みんなどこかへ行ってしまった――。眼前の古代遺跡に失われた物語を見る作家。メキシコ、ペルー、遺跡を辿りながら、物語を夢想する、小説家の遺跡紀行。

角川文庫ベストセラー

夢違　恩田　陸

「何かが教室に侵入してきた」。小学校で頻発する、集団白昼夢。夢が記録されデータ化される時代、「夢判断」を手がける浩章のもとに、夢の解析依頼が入る。子供たちの悪夢は現実化するのか？

雪月花黙示録　恩田　陸

私たちの住む悠久のミヤコを何者かが狙っている……！　謎×学園×ハイパーアクション。恩田陸の魅力全開、ゴシック・ジャパンで展開する『夢違』『夜のピクニック』以上の玉手箱!!

私の家では何も起こらない　恩田　陸

小さな丘の上に建つ二階建ての古い家。家に刻印された人々の記憶が奏でる不穏な物語の数々。キッチンで殺し合った姉妹、少女の傍らで自殺した殺人鬼の美少年……そして驚愕のラスト！

失われた地図　恩田　陸

これは失われたはずの光景、人々の情念が形を成す「裂け目」。かつて夫婦だった鮎観と遼平は、裂け目を封じることのできる能力を持つ一族だった。息子の誕生で、2人の運命の歯車は狂いはじめ……。

私たちの願いは、いつも。　尾﨑英子

28歳の女3人。母親との関わりに悩む住宅設計士の曜子。結婚し娘も出来たのに満たされない紀子。実家暮らしで〝秘密〟を抱える朋美。仕事、家族、恋愛……クラス会で再会した3人の人生はひそやかに交錯する。

角川文庫ベストセラー

幸福な遊戯　角田光代

ハルオと立人とわたし。恋人でもなく家族でもない者同士の共同生活は、奇妙に温かく幸せだった。しかし、やがてわたしたちはバラバラになってしまい――。瑞々しさ溢れる短編集。

ピンク・バス　角田光代

夫・タクジとの間に子を授かり浮かれるサエコの家に、タクジの姉・実夏子が突然訪れてくる。不審な行動を繰り返す実夏子。その言動に対して何も言わない夫に苛つき、サエコの心はかき乱されていく。

あしたはうんと遠くへいこう　角田光代

泉は、田舎の温泉町で生まれ育った女の子。東京の大学に出てきて、卒業して、働いて。今度こそ幸せになりたいと願い、さまざまな恋愛を繰り返しながら、少しずつ少しずつ明日を目指して歩いていく……。

愛がなんだ　角田光代

OLのテルコはマモちゃんにベタ惚れだ。彼から電話があれば仕事中に長電話、デートとなれば即退社。全てがマモちゃん最優先で会社もクビ寸前。濃密な筆致で綴られる、全力疾走片思い小説。

いつも旅のなか　角田光代

ロシアの国境で居丈高な巨人職員に怒鳴られながら激しい尿意に耐え、キューバでは命そのもののように人々にしみこんだ音楽とリズムに驚く。五感と思考をフル活動させ、世界中を歩き回る旅の記録。

角川文庫ベストセラー

恋をしよう。夢をみよう。旅にでよう。　角田光代

「褒め男」にくらっときたことありますか？　褒め方に下心がなく、しかし自分は特別だと錯覚させる。ついに遭遇した褒め男の言葉に私は……ゆるゆると語り合っているうちに元気になれる、傑作エッセイ集。

薄闇シルエット　角田光代

「結婚してやる」と恋人に得意げに言われ、ハナは反発する。結婚を「幸せ」と信じにくいが、自分なりの何かも見つからず、もう37歳。そんな自分に苛立ち、戸惑うが……ひたむきに生きる女性の心情を描く。

幾千の夜、昨日の月　角田光代

初めて足を踏み入れた異国の日暮れ、終電後恋人にひと目逢おうと飛ばすタクシー、消灯後の母の病室……夜は私に思い出させる。自分が何も持っていなくて、ひとりぼっちであることを。追憶の名随筆。

今日も一日きみを見てた　角田光代

最初は戸惑いながら、愛猫トトの行動のいちいちに目をみはり、感動し、次第にトトのいない生活なんて考えられなくなっていく著者。愛猫家必読の極上エッセイ。猫短篇小説とフルカラーの写真も多数収録！

水やりはいつも深夜だけど　窪美澄

思い通りにならない毎日、言葉にできない本音。それでも、一緒に歩んでいく……だって、家族だから。もがきながらも前を向いて生きる姿を描いた、魂ゆさぶる6つの物語。対談「加藤シゲアキ×窪美澄」巻末収録。

角川文庫ベストセラー

村田エフェンディ滞土録　梨木香歩

雪と珊瑚と　梨木香歩

わたしの恋人　藤野恵美

ぼくの嘘　藤野恵美

おなじ世界のどこかで　藤野恵美

1899年、トルコに留学中の村田君は毎日議論したり、拾った鸚鵡に翻弄されたり神様の喧嘩に巻き込まれたり。それは、かけがえのない青春の日々だった……21世紀に問う、永遠の名作青春文学。

珊瑚21歳、シングルマザー。追い詰められた状況で1人の女性と出会い、滋味ある言葉、温かいスープに生きる力が息を吹きかえしてゆき、心にも体にもやさしい、総菜カフェをオープンさせることになるが……。

保健室で出会った女の子のくしゃみに、どきんと衝撃が走った。高校一年の龍樹は、父母の不仲に悩むせつなとつきあい始めるが――。頑なな心が次第に自由を取り戻すまでを、爽やかなタッチで描く！

好きにならずにすむ方法があるなら教えてほしい。親友の恋人を好きになった勇太は、学内一の美少女・あおいに弱みを握られ、なぜか恋人としてあおいとデートすることになり。高校生の青春を爽やかに描く！

SNSで「閲覧注意」動画を目にしてしまった中学生、子どもの成長を逐一ブログに書き込む母親、ネットアイドル……日常生活の一部となったネットの様々な側面と、人とのつながりを温かく描く連作短編集。